U0004076

catch 192

馬櫻丹之歌—我也要跟媽媽去歐洲

作者：Rae (周瑞萍)

責任編輯：韓秀玫 繆沛倫

美術編輯：樂福瑞文創工作室 林信興

英譯：劉建伶

校對：呂佳真

法律顧問：全理法律事務所董安丹律師

出版者：大塊文化出版股份有限公司

台北市 10550 南京東路四段 25 號 11 樓

www.locuspublishing.com

讀者服務專線：0800-006-689

Tel: 02-8712-3898　　Fax: 02-8712-3897

郵撥帳號：18955675　戶名：大塊文化出版股份有限公司

e-mail: locus@locuspublishing.com

總經銷：大和書報圖書股份有限公司

地址：新北市新莊區五工五路 2 號

Tel: 02-8990-2588　　Fax: 02-2290-1658

初版一刷：2013 年 2 月

定價：新台幣 380 元

ISBN 978-986-213-415-3　　Printed in Taiwan

馬櫻丹之歌

Song of Lantana - 我也要跟媽媽去歐洲

I want to go to Europe with Mama!

Rae

小孩，我們永遠不散的愛

陸蓉之 — 策展人、藝評家、演員

———————

Rae，瑞萍，是我在霧峰朝陽科技大學任教時期的學生，她和阿信是班對，也是少數班對最後結成連理的佳偶。當時，學校初創，我和學生同住一棟宿舍大樓，設施尚未完備，熱水供應不正常，因此我自費裝了電熱水器，停水的時候，就讓學生使用我的浴室，我和他們朝夕一起的生活，親密得如同一家人。從那時起，我就管瑞萍叫做 "小孩"，如今，小孩自己也已經有了兩個小孩。

去年在威尼斯起跑的國際巡迴展《未來通行證》，是我 32 年策展工作的終點，我盡力將我長期以來關心的年輕藝術家都納入其中，因為，那是我最後一次機會為他們服務。早在 Rae 的學生時代，她就希望自己有朝一日成為一位專業的藝術家，她畢業以後，順利地在插畫領域發展，但是仍不忘情於繪畫。阿信在婚後，反而放棄了自己在藝術方面的追求，全力經營事業來支援愛妻圓夢，成為她最有力的後盾，鼓勵 Rae 在繪本創作之餘，同時從事於繪畫的創作工作。

事業的成功，並未帶來完全的喜悅，Rae 渴望成為母親，生兒育女對她而言，其重要性絕不亞於繪畫的事業。如今她已經是兩個孩子的母親，出這本新書，是事業與家庭有成、雙重喜悅的心路歷程。而我能夠在我自己事業生涯的最後一段路程，邀一群我心愛的年輕藝術家一起達到終點，那樣的欣喜滿足，就像 Rae 決定加入小襄的行程，踏上她生命中第一次的歐洲之旅一樣令人激動。

《馬櫻丹之歌》這本書，記錄了 Rae 首次赴歐洲旅行的旅途見聞和心情，雖然，文章裡的人事物有許多和我有關，或是我熟悉的，但是，因為我的《未來通行證》展覽規模做得太大了，忙得焦頭爛額，根本沒有時間、機會在那裡和 Rae 分享心得，閱讀這本書，總算滿足了我對他們行程的好奇，分享了旅途中的甜酸苦辣，也彌補了我無法陪伴他們的那份心裡的歉意，因為，原本我的計畫是要和他們一起旅遊的。

因為愛，我一直執著於藝術領域的工作，如今我從策展工作退休了，但是我對 Rae，和其他年輕藝術家的愛，卻是永久的盟約，是永遠不散的宴席，只會以不同的名目和理由來舉辦。

所以，Rae，對《馬櫻丹之歌》新書出版的祝福，就是：我愛你，小孩！

是什麼串起了這本繪本？

張國權 — 東家畫廊・總策劃

———————

Rae 是個質地細膩的插畫家，2004 年我們在黑秀網上認識，開始了長期的合作關係，也成了我的設計公司提案的紅心 A。不過因為她實在太有潛力了，2006 年我竟慫恿她辭掉工作專心畫畫，上班真的太可惜了！

後來她真辭了，真買了畫布，真走上專職藝術這條辛苦的路，然後 2008 年創造出她空前的傑作 — 苡恩 (哥哥)。2009 年終於在東家畫廊實現了首展的夢想，後來，繪本一本接著一本、畫展一檔接著一檔、文創一波接著一波。2011 年，再添傑作 — 苡頡 (妹妹)。

在藝術這條路上，驚喜意外不斷，Rae 越走越有信心！

藝術家向來多怪怪的，不是那麼好搞。所以「正常的藝術家」比「不正常的藝術家」要少見；而這個正常的藝術家，又是女性，又是兩個孩子的媽，更是少之又少。婚姻、家庭、孩子，對一個年輕的女性藝術家肯定是個創作上的負擔，Rae 和她的另一半阿信試著努力經營他們這個四口之家。從這本繪本的誕生，就可以看出他們內心的糾結，年輕的夢想、藝術的熱愛、伴侶的支持、親情的牽絆、孩子的淚水、母親的思念……

從威尼斯、米蘭、佛羅倫斯、巴黎、米魯斯、巴賽爾，到蘇黎士，從達文西、提香、波提切利、梵谷、竇加、莫內、雷諾瓦……

是什麼串起了這本繪本？
是什麼串起了這趟旅程？
是什麼串起了你的人生？
是勇氣，
是愛！

只有藝術家才能想出這麼另類的寫法

王文華 — 兒童文學作家

─────────────

很高興讀到 Rae 的新書。

這是一本很特別的書，書裡，有她去歐洲旅行、參展的回憶；她是畫家，讀者可以跟著她，進入歐洲古蹟、繪畫與雕塑；當然，她對藝術的堅持，手繪風外加照片與文字的安排，讓整本書，呈現一股古典優雅加手工書的氣質，翻開它，藝術指數登時提升了不少了呢。

最不一樣的地方在於 — 孩子（化名哥哥的孩子），也就是 Rae 家的長公子，無所不在的出現在書裡，不管是字裡行間，不管是思子情切的母親寄回的明信片，抑或是那一張張看似隨意安排，其實另有深意的照片中，我們都看到了哥哥的身影。

奇怪的是，哥哥明明沒去歐洲，Rae 卻有辦法讓讀者在讀著讀著的同時，感受到母親對孩子的呼喚以及哥哥對母親的情思。彷彿 Rae 真的帶著哥哥到了歐洲，我彷彿也聽見他在揉著媽媽的小腿，替媽媽擔憂，接下來的路途那麼長，媽媽怎麼受得了？

這真是一本奇妙的書，也許只有藝術家才能想出這麼另類的寫法，讓一個沒跟來的孩子，無所不在的提醒讀者，看到哥哥了沒有；另一方面，我也在閱讀過程裡，時時要替哥哥呼喚媽媽，好了，看夠那幅畫了吧，該回家了吧？哥哥在等你呢。

說是旅遊指南，卻多了藝術品味；說是親子教養，卻又催逼你得想像外加動手索驥，奇思妙想的書，適合給想認識歐洲卻又老找著藉口不去的你呢。

這一路有妳眞好

黃翔 — 台北當代藝術館・多媒體與設計副組長

————————

與 Rae 並肩經歷的這趟旅程，促使彼此從陌生變成摯友，就好像被施了魔法一般，既神奇又有趣。因爲威尼斯雙年展之故，眾多朋友們都在同一時間踏上了威尼斯小島。小襄和我原本就是故友，加上我的行程跑得比較遠，所以就在好友搭線上，和 Rae 成了這一趟旅程相伴到底的夥伴。

Rae 當時剛生完小寶貝，休息不到五個月就和我上山下海。容易疲倦的身體還得陪著我到處奔波，因爲工作在身不得已，必須一直往前，從拚命跟著我奔走的 Rae 身上，看見了一位母親的堅毅。好多天我倆回到住處，其實都累壞了，但是一邊搓揉著痛麻的雙腿，一面規劃明日行程的我們，心又開始撲通撲通地跳。

整趟旅行中，我們的互相幫忙、彼此體諒，在在都是成就這趟旅行的關鍵，同時也覺得 Rae 真是很棒的走跳咖，不但在我倆的第一次接觸中，毫不隱瞞地交換彼此的生活習性；並且無比尊重我出公差的行程。常常回憶起相處的經過，真覺得自己是個幸運的人，情緒低落時有肩膀可依靠，心情開懷時有笑臉可回應，這一切都在我心裡勾勒出美麗的畫面。所以旅途中，有次走在 Mulhouse 回家的上坡路段，雖然氣喘吁吁，但 Rae 還是和我提起這趟旅行一定要留下些什麼的想法。

如今，說到做到的她，將我倆心中的美麗畫面落實在一幅幅幻想與現實之間，喚起既緊張又興奮的美好回憶。能夠在旅途中結識好友，分享著出版的喜悅，一起來杯小酒，又能看著 Rae 一家人互相扶持的經營生活，人生如此，夫復何求。

自序 Artist Statement

2011 年由策展人陸蓉之老師策劃的《未來通行證－從亞洲到全球》國際大展，在威尼斯雙年展盛大展出。Rae 的參展作品「馬櫻丹之歌」，很榮幸的也受邀參加，因此有了這次以出國展覽之名，行歐州藝術朝聖之實的美妙旅程。

一收到參展的訊息，當時才剛生產完在月子中心坐月子，我已經巴不得趕緊出關，創作新的作品，代替我遠渡重洋到歐州去旅行了。

可沒想到一出月子中心，小寶寶就支氣管炎，我也因為一下子要照顧兩個 Baby 有點適應不良，自己也病了，當時天候又異常寒冷，自己一度認為再這樣下去，肯定無法振奮起來創作；除了要畫威尼斯的參展作品，還要趕幾幅新的畫作參加台北國際藝博會，那段日子，只能用焦頭爛額來形容。

不過，生孩子和帶孩子都一樣，都是一種過程，它會過去的～我不斷地自我鼓勵。

交件後，有一天小襄來電問：「想不想一起去威尼斯呀？」，我想都沒想就說：「不可能，孩子還小，你找星去啊！」星卻說：「你去吧！你應該去充充電，歐洲那個地方很適合你。」頓時，我的心都融化了。

「歐洲」可是我這輩子夢寐以求的地方，那裡有我嚮往朝聖的藝術之都，我不知道有多麼渴望能去歐洲。但，我的小 Baby 真的太小了。星說：「孩子就放心的交給我，想去就去吧！」經過幾番的討論，以及如何安置孩子的熱烈研究，終於，在自己內心獲得了可以放假去充電的准許。

於是，我追隨著「馬櫻丹之歌」，展開為期 24 天的歐洲藝術之旅。

Rae
Feb, 28, 2012

人物介紹 Characters

LoveRae Family

我 ：樂福瑞太太。

爸 爸：樂福瑞先生。

哥 哥：我家的大寶貝 (3 歲又 2 個月)。他說他長大了是哥，不能叫他迪迪。

妹 妹：我家的小寶貝 (5 個月大)。

同行夥伴

酒 家 女：台北當代藝術館·多媒體與設計副組長，簡稱 "酒"。
因為以前家裡賣酒的緣故，所以她說自己是酒家女，可能因為這樣，
我只要跟她在一起就有酒喝喔！
我們兩個像酒鬼一樣，去哪裡就會喝點酒。

小 襄：樂福瑞設計總監。

小襄弟弟：東區服飾店店長。

目次 Sommaire

去廊香的路上

哥哥畫Cars的手繪稿。

我也要跟媽媽去歐洲
I want to go to Europe with Mama!

從歐洲回來後，他總是問：「馬麻～你在歐洲的時候都有去坐火車嗎？」
「有啊！」「那你有坐自強號嗎？」「沒有，那是台灣的火車。」
「那你有坐 JR 嗎？」「沒有，那是日本的火車。」
「那你有坐電聯車嗎？」
「沒有，跟你說那是台灣的火車，我搭的是歐洲之星！」
「喔！媽媽你可以帶我去歐洲嗎？」

從兩歲起哥哥就愛上火車，一開始他玩木製的小火車，拉著設計簡單的火車車體，在軌道上嚕來嚕去的，可以玩好久；後來有塑膠製的新幹線火車，他連洗澡都要帶著它一起洗；接著是湯瑪士小火車，吃飯時要將它們列隊在餐桌上陪他。

現在他 3 歲又 2 個月大，最近迷上了恰恰特快車 (Chuggington) 的威爾森，還有汽車總動員 (Cars) 的閃電麥昆。

三不五時就會聽到他在某角落大喊 "chuggington" 或者「ㄥˊ──」(賽車衝刺的引擎聲)。家裡因為他時常熱鬧滾滾。

看到我拉著行李到機場要 check in，他眼裡有一種永遠也不要跟我分開的決心。他說：「我也要跟媽媽去歐洲啦！」手裡還緊抓著麥昆小汽車。然後他在爸爸懷裡一邊看著我一邊說：「我會乖乖的不會吵媽媽，你讓我去啦！」

這是我第一次離開我家的寶貝們，我帶著忐忑不安的心準備出關。

哥哥、妹妹和爸爸，他們三人將相依為命，
直到我的旅途終點！

妹妹說：「這是魚魚，送給媽媽！」

妹々 Ivy。2012.11.20.

我有超級奶爸
Our Super Daddy!

知道我才剛生完第二胎的朋友，聽到我要去歐洲，第一句話都會問：「小孩咧？」
我竊笑著說：「有爸爸啊！」

就因為我有超級奶爸，所以才有機會到歐洲去取經。

在確定旅行的目的地和每座城市的停留時間之後，我們各自去搜集資料，然後準備一些必備品，比如去診所拿常備藥、辦旅遊平安險、買歐洲鐵路通行證……等，再來就是要把帶小孩哩哩叩叩的注意事項，寫在便條紙上提醒爸爸。

在家工作的 SOHO 族爸爸，除了電話、電腦，還有家事、孩子要分擔。我們家哥哥還處在說話不算話的階段，三不五時就要賴當撒嬌來招惹我們，五個月大的妹妹認知能力有限也最需要人照顧，而且為了我這趟歐洲旅行，還在適應配方奶當中，因為突然把她吃慣了的食物，換成奶瓶取代了母親供給的一切；就好像吃慣了米飯，一下子要你以營養錠代替米飯般地難受。

除此之外，還有一件讓我不捨的事，就是妹妹被病毒侵襲的支氣管炎還未痊癒，此刻她是最需要給予關懷的孩子。我們家爸爸非常捨不得他的小公主，就算外婆和住在附近的姑婆都向我們伸出援手，他還是婉拒了親人的幫忙，說到底爸爸就是不放心將妹妹託給別人照顧。

就這樣，為了我決定要去歐洲，爸爸願意用他寬厚的肩扛下此重責大任。這個舉動之後成為家族間的佳話，都說他是超級奶爸。

出發前，安頓孩子、跟老公交換職務、完成插畫的工作進度、跟學校告假、然後仔細記錄每天孩子的作息和我常要處理的家務，這些極細微的瑣事，一旦要文字化、條理化實在太難。

我有超級奶爸
Our Super Daddy!

所以我在出發前兩天，才去買了行李箱，收東收西理不出一個像樣的行李，最後還是爸爸幫忙完成，行李箱中除了換洗衣物和盥洗用品之外，舉凡手機、筆電、數位相機、歐元、電源轉接器、Basel 記者證的申請……拉拉雜雜該有的，他都幫我備齊了。

他真的是一個超級讚的小幫手！

出發對我來說，真的很慌亂，我的心情就像我的行李，雖然都準備好了，卻又好像很空洞。這種混亂的情緒和放不下的心，是回到台北才復原的。

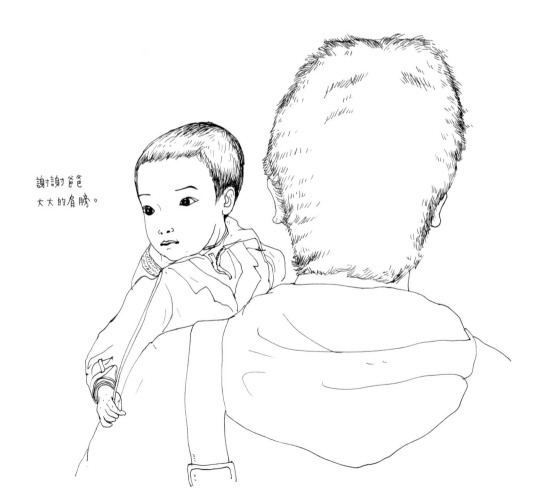

謝謝爸爸
大大的肩膀。

Day 1　機艙內的孤寂感
Loneliness on the Plane

當我在月子中心時，爸爸總是說好好休息，接下來還有很多工作，舉凡威尼斯雙年展的作品、YAT、屏東美術館的展……在這些創作的日子裡，還包含著重新一次育兒的經驗，簡直是蠟燭兩頭燒的境界。

我說：「爸，我們兩個一定要有人出去充電！」爸爸希望是我去或者可以的話全家人一起出去！可是除了襁褓中的嬰兒還在喝母奶，學校的教職工作也得找人代課。終於，工作超出我的極限，在又是創作又去兼課，還要自己照顧小孩的情況下，累到沒有母奶，沮喪、鬱悶包圍著我。

心想，爸爸既然已應許我可以去走走！「小襄！我要跟你去歐洲！」就這樣，在好朋友的幾番慫恿，以及蠢蠢欲動出走的心，我總算不顧一切的打算跟著小襄走了。不過 24 天的長假，並非只是我一個人的事，是牽扯到一家人的。幸好，爸爸他贊成、也鼓勵我去，他釋放出很大的誠意來分擔我的煩惱，他真好。

在出發當天，爸爸突然提出他和哥哥要去送機的打算，即便我心裡覺得不妥，他們父子倆已計劃好了。畢竟哥哥才三歲，我們母子倆從來沒有分開過這麼長的時間，為了這趟旅行，我想訓練哥哥獨立一點，還安排他到舅舅家外宿、或者讓他自己去姑婆家玩，因為這樣爸爸忙的時候，還可以請親友幫忙一下，再說妹妹這個時候睡眠時間還滿長的。我才高興著他真的長大了，願意學習獨立。卻在送機這個突然的決定，讓我的計劃破功，而我也讓哥哥的心崩潰。

在桃園機場辦理 check in 的時候，哥說：「我也要跟媽媽去歐洲」。我們都傻眼了，爸爸一度想按捺住他的情緒。我跟哥哥說，媽媽很快就回來，請你跟爸爸一起幫忙照顧妹妹。「拜託哥哥請幫忙啦。」敏感的哥哥眼眶泛著淚說：「我不要請幫忙，我要和爸爸還有媽媽一起去歐洲。」

我意識到這孩子的恐慌，他心裡已經在 OS：「媽媽要離開我們了！要很多天很多天不會在家照顧我。」我向爸爸示意快帶他走，就在爸爸強抱著哥哥走之後，我的淚水也不知去向的從眼睛離開。

於是，我帶著不捨和不安的心，坐上飛機。

在飛機上過夜，是我有生以來頭一遭，一起出遊的朋友都有過長途旅行的經驗，所以他們每人身上都綁了一條無印牌超柔軟的護枕，準備一上機就好好睡，而我也有護枕～是充氣式超不舒適的護枕，在機上翻來覆去找不到一個對的姿勢，可是不睡覺會一直想著家裡的三個人。偏偏此時在座艙最後面隱約傳來孩子的哭聲，開始有聽到家長安撫她，後來只剩下孩子的哭泣聲，那哭聲好漫長像哭了幾個小時般，我好想去抱抱她，腦海也浮現著剛剛哥哥哭回去的背影，孩子是我這一趟旅程唯一的牽掛。我開始在腦中設定墜機畫面，設定我們無法再見的情節。種種令我陷入無邊無際的悲傷思緒接踵而來，我愈想心情愈低落，愈想愈冷，冷到我抖個不停，坐在我旁邊的酒家女，已然進入夢鄉許久。

黑壓壓的機艙內，大部分人睡翻了，少數人看書或看影片。我，則是不斷地不斷地收集思念和孤寂感。

有時候假裝一下，是為了証明自己也可以，
如此而已。

Sometimes, to pretend is to prove that I can. That's it.

Day 2　感受南歐的熱情
Warm Welcome to Southern Europe!

到了威尼斯，我們在機場等待先到此的策展夥伴來接機。前來接機的林老師說：「威尼斯今天的船工罷工，到本島後你們要拉著行李到自己住的地方，大家辛苦一點！」說實在剛到這個充滿浪漫色彩的美麗國度，我們就算歷經十五個小時的飛機勞頓，也可以提起精神回答：「沒問題」。反正出來就是要走啊！

殊不知這是苦難到來的前兆！

我在台北的住家是舊公寓五樓，沒有電梯，所以每次哥哥陪我去市場回來，都吵著要抱抱，我的訓示是「要跟媽媽出來就是要走喔！」沒想到這句話，有一天是用來鼓勵自己的。所以啦，既然出來就是要走！

我和酒家女一起住，所以我們一起走。小襄和弟弟住的民宿和我們反方向，我們各自拖著沉重的行李到住處，這是我有生以來第一次走石板路，我們拉著 20kg 重的行李～叩囉叩囉！感覺行李箱若不堅固便要散了。

酒家女在威尼斯的時間必須協助展場一些雜務事，有空便和我相約。小襄在威尼斯的時間也時常要到陸老師的《未來通行證》展場支援，因為展覽的衍生商品還有一些問題，她必須協助解決，所以就我和弟弟最悠閒。可進入藝術季的威尼斯，每天每天湧入大量遊客，不論各展場或景點都到處塞滿人。我和弟弟想說初來乍到的，就先跟著小襄好了。我們幫忙拿著小襄朋友託付她從台灣帶來的包裹，站在船站前，對於罷工這件令人苦惱的活動，感到不知所措。於是一路踩著石板路，步步艱難的前往《未來通行證》的展場。

在船站無所適從時，就恣意的閒逛，路上碰到有喜宴，雖沒見到新人，倒是遇到一群可愛的小小伴娘，她們穿著桃紅色小禮服銀色小高跟鞋，她們看到相機就去拉弟弟過來要一起拍照，很大方的在鏡頭前開懷的笑。我家哥跟他比起來害羞多了。

Day 2 感受南歐的熱情
Warm Welcome to Southern Europe!

下午六點天還亮著，酒家女和我約了要去附近的 Market 買東西，但 Market 只營業到七點，酒家女趕到時已六點四十五分了，好刺激！我們快速的選購晚餐和水。

回住處的路上，巧遇同樣都是台灣來的藝術圈友人。一群人晃晃蕩蕩走著，來到廣場前站著滿滿的外國人，有聊著天、有演奏樂器、還有跳舞的人，像是個聚會，是歡樂的場合，路過的遊客幾乎都被深深吸引。

這種愉悅的氣氛使人忘記時間的流轉，太陽慢慢的回去了，光線只剩下人工的，已經九點了，從今天開始，我得適應漫長的白晝。

在歐洲決定要罷工這件事似乎很容易促成也常發生，我們運氣好也碰上了。

她說「旅行，千萬別有太多的期望和想像，
一切來得那樣自然，不容彩排。」

She says: "Leave your expectation and imagination aside on the journey.
Everything comes so naturally, impossible to rehearse."

Day 3 古堡裡的靈
The Spirit in the Castle

剛到威尼斯參觀雙年展，因為不熟悉展場的動線規劃，所以肚子餓時，只能就著展場內的餐廳，買又貴又難吃的小小三明治。每到各國展覽館幾乎都是大排長龍，我們也沒得選擇，就是跟著排隊，一個館看下來要一個多小時，這樣下去可不得了，我們會把在威尼斯停留的時間輕易用完，所以想要更有效率的看展，得準備周全，比如食物、比如看展的動線規劃。

酒家女在台北當代藝術館 (MOCA) 工作，今年當代館協助藝術家謝春德到威尼斯辦個展，而策展人是林志明老師。在飛威尼斯的三個月前，我們就跟此團隊的工作人員確定好住宿的床位，所以我跟酒家女及女性表演工作者，一起住小木屋，小木屋是一棟樓中樓的房子，樓下有阿美族的阿嬤、阿嬤的女兒、我們，樓上有洪老師、大姊，還有小翻譯。

跟我們一起住的阿美族阿嬤 (高齡九十)，她要表演腹語唱祈福歌，是阿美族最年長的巫師。阿嬤的女兒說她們剛到威尼斯時，在展場裡很不順，像是燈光或排演，後來是阿嬤唱了祈福歌才順利的彩排結束。威尼斯河道邊的建築多是十四世紀的商人聘請建築師特別設計，所以每一棟建築各有特色，風格變化無窮，如今二十一世紀的威尼斯人也努力保存其完整的型態，不過靠海潮溼的惡劣環境，建築內部常常可以感受到一股潮、一股霉、和千古的靈魂～

到藝術學院美術館 (Gallerie dell'Accademia) 看威尼斯畫派 (義大利文藝復興時期主要畫派之一) 時，正好遇到修復師在室內搭著移動式鷹架，正在修圖，對我來說是一種很特別的觀賞經驗。進到這種古建築內，壁上畫的都是幾百年前的人吧！這些畫果真是經典中的翹楚，我老感覺壁上掛著的、牆上及天花板的人物都在動，害我整個人一直很嚴謹，生怕咳個嗽便驚動到畫中的靈。

同一天我們還去了安康聖母教堂 (Chiesa di Santa Maria della Salute)，這可是我畢生第一次進教堂，好莊嚴，牆上鬼斧神工般的繪畫看了好想流淚～巴洛克建築的教堂

絕對是上帝的傑作！還有那些讓人目不轉睛的作品……我沒有形容詞了，就是嘆爲觀止。

後來我們反覆看了無數次這樣的作品，看到瞠目結舌，看到都想吐了（膩了）；在看完優雅莊嚴的古典作品後，很需要去找現代藝術來紓解一番，讓視覺和心靈上都可以達到平衡。在安康聖母教堂旁的修道院，就是陸老師策劃的《未來通行證》A 展場，裡面有數十位當代藝術家的作品，展間刻意營造出像萬花筒般的視覺效果，內容包括動畫、繪畫、立體、攝影作品……包羅萬象，這種超載的視覺感官體驗，到此心靈上確實有達到紓解的療效喔！

在古堡的窗口，立在窗前的每個人都在聆聽，
他們的姿態好自然，就為了好々地仔細地聽 vicky Lu Lu
的美妙聲音。

Standing comfortably at the castle window,
everyone listens to Vicky Lu Lu's beautiful voice.

Day 4 蝴蝶姐姐、蜻蜓媽
Butterfly Sister, Dragonfly Mom

早上出門時，外面下著毛毛細雨，走在小木屋的河道旁突然有一種「啊！這是威尼斯」的心情。河道上的小橋停了一艘私人遊艇，有位少年在船上整理船具，過了那座小橋是社區的垃圾集合場，有幾位穿著工作服的工作人員，或掃地或整理回收瓶罐，空氣算是寧靜清新。快要出巷口時，有一間中國餐廳門前，一位穿黑色圍裙的服務員，面無表情的望著我們。巷口外來往的行人，使我漸漸感受到音量，感受到剛剛那位中國餐服員的表情意涵。各式各樣的攤位和遊客，寧靜的早晨頓時變得嘈雜零亂，毛毛雨瞬間大起來、垃圾的氣味夾雜在空氣中飄散開來、火車站擠了滿滿的人潮，心情頓時變得有點潮。

到了船站要買船票，人潮已經大排長龍，好不容易才輪到我們，售票小姐說她要去廁所，不想等她可以重新排隊。在義大利，那些服務性質的工作員很隨性、很有風格，完完全全地挑戰遊客的耐心。

上了公交船，船上都有隨行的帥哥船員，協助疏通乘客以及安全，每搭一次船就可以瞧一下隨船的帥哥，心情也變好了。在船上酒家女遇到她的好朋友 J，她們開心相遇，J 吃著熊熊軟糖 (Harib 哈利熊軟糖)，閒聊她的行程，並且跟我們分享她的軟糖。站在座位前方有一對母女特別顯眼；媽媽穿著蜻蜓花紋的罩衫，手上的戒指還是蜻蜓的造型，她的女兒則是穿著蝴蝶圖案的罩衫，背包是寶藍色的亮片閃亮亮惹人喜愛，我們一邊吃著軟糖一邊享受著河道的風吹上臉龐，眼睛裡也從不間斷餵食關於美的人事物。

出來第四天了，還是很想念孩子們，出門前爸爸還送了我一支智慧型手機，可我一點也沒感受其智慧，出來到現在我很怕接電話，怕爸爸關心的話，更怕聽到哥哥叫媽媽的聲音。看見剛剛那一對昆蟲母女，妹妹長大後不知道會不會想跟我一起穿組合裝。我可不喜歡什麼一模一樣的親子裝，我也想像她們那樣來個植物裝或小鳥裝什麼的。

正在參觀國家館時一度和酒家女走散了，耳朵充斥著各種語言嗡嗡的響，地上是碎石子路，我踢著小石頭，想離開，便發了一通簡訊：「酒，我一邊逛出去了！」

一路上我看到各樣式奇妙的人，果然是藝術盛會，正當我漫無目的地走著，竟然遇到一個怪阿伯，他身旁還有一位面孔熟悉的小姐，阿伯身穿水手服、頭戴水手帽，褲子是彩色直條紋的，腳上穿著蒙了一層白塵的黑皮鞋，這……這……這可是我前老闆「施工桑」呀！(hi～)

算算我離職也有四、五年了，不當上班族後，在台灣我也不曾再遇見他，此時卻在遙遠的國度再相遇，人的緣份真的很奇妙。我們便一起同行前往軍械庫展區(Arsenale)恣意閒逛，在往軍械庫路上會經過公園，公園裡也有一些做行為藝術的，其中有一位行為藝術家身上裝了好多機器，他邊走邊寫字，在寫字板前有一台攝影機，拍他自己和他身後的人，左手邊有一個螢幕可以看到路人，很妙！～可我猜不出他想傳達什麼概念！

我們三人在穿過公園後，去逛了街坊中一些私人的小展間，多為裝置藝術，我前老闆一邊看一邊碎碎唸說：「垃圾！」多年不見，他還是老樣子！

邊聊著走著，一路上聽施工桑說著昨天享用的美食，聽得我直吞口水。這幾天淨吃些速食～泡麵、披薩、三明治，不如今天就跟他們去吃一頓好料的。享用著可口的義式荣餚時，只能說美食當前倍思親。

今天回小木屋時，想打個電話回台北。
我真的好想他們父子三人
想和他們一起吃飯。

自在的呼吸真好，隨著港口進來的風
我彷彿可以飛翔。

It is great to breathe freely, as if I can fly with the wind coming into the port.

Day 5　Shopping Day

今天我和酒家女相約，再次到了軍械庫展區，把一些錯過的展演再瀏覽一遍，剛好遇到許多場開幕會，所以大部分有得吃還有酒喝，戶外有些大型立體作品很值得觀賞，在軍械庫室內也有些很酷的創作，許多聲音裝置和影像裝置很容易吸引人潮。如果我家哥哥也來了，他肯定是那個非瞧個清楚不罷休的人，因為影音會使他瘋狂。

其中有一間黑色小屋裡面填滿隔音棉，就讓觀眾進去感受如噪音般的音樂和狹隘的空間，這是反映我們現今的社會嗎？不論世界各地皆如此吧，人類已經到了那種必須要藉由提醒，來省思周遭環境惡劣變化的地步嗎？為什麼這也是一件藝術品，為什麼不給我的眼睛看舒服的畫面聽悅耳的聲音，因為我們生活的環境已處於劣質中了。其中還有個表演像是一場小型演唱會，唱到高潮處，歌手脫掉褲子，一絲不掛的對著樹幹做猥褻的動作，我個人覺得這樣的創作真不舒服，頓時現場大聲尖叫和敲破酒瓶的聲音交雜，這交雜的聲音傳到耳裡變得好空虛。天啊！我要離開這裡，我的腳底，這幾天常常悶悶的痛起來！

晚上酒要和當代館的工作人員聚餐，在晚餐前還得回展場處理一些事，於是我們在船站分手，我獨自往聖馬可廣場 (Piazza San Marco) 方向散步，經過嘆息橋 (Ponte del-Sospiri) 我站在橋上發呆，橋因為正在整修，所以兩旁拉著藍天白雲的布幕。突然想到橋下曾經充滿著犯人屍體，這對我來說是我怎麼樣也無法有深切感受的。威尼斯是座保存完善的古城，處處可見維修工程在進行，而這座藝術之都果然名不虛傳，就算是維修中的鷹架，也拉著圖片精美的布幕，來妝點正在整修中的建築。

聽說台灣館就在附近，想說得去看看自己家鄉的場子，我便順著路往前走，到了普里奇歐尼宮邸 (Palazzo delle Prigioni)；台灣館的內部，設計成一座酒吧，酒吧上有海尼根啤酒 (怎麼不是台啤呢)，靠著牆邊的是一整排沙發，坐上沙發手邊都有一副耳機，拿起來聽，就播放一些台灣解嚴至今的社運聲音，以家鄉的方言在批判政府，表達市井小民對現狀不滿等等的歌詞，我放下了耳機走出展間，心想～哎！這些內容外國人都聽不懂吧！可對歐洲人來說一種新型態的音樂，是否使其對台灣人增加些許的印象？而且去重新關注我們那些社會底層的人們？好沉重的「發聲」管道……

Day 5 Shopping Day

到了聖馬可，巧遇小襄和弟弟，他們也出來逛逛，於是又結伴一起穿梭在小巷弄中，還到里奧多橋（Ponte del Rialto）附近逛街 Shopping。弟弟說：「在這古城用 App Maps 沒用，看著人多的方向走就對了。」果然，只要用這方式走，就很順暢不會迷路。

我們逛了好多特色店；有兼賣骨董書和舊時代明信片的店，還有文具店、有手工書店、絲巾店、蕾絲店……這些專賣店的感覺很特別，他們販賣的全是禮物；根本是特別設計來挖觀光客的錢，身為觀光客的我們，卻也樂得讓人把我們的錢給挖走 (笑)。

我的參展作品「馬櫻丹之歌」就放在 B 展場，B 展場位於曼吉利瓦馬拉那宮 (Palazzo Mangilli-Valmarana)，這間展場的大門是一片很重的大鐵門，前院有一座小花園盛開著繡球花，穿過中庭還有一口井，進了建築便可以感受到海洋味，因為威尼斯幾乎是水路，正門通常是石板路，後門或從窗戶往外看，便是河道了。順著樓梯上了樓，我們看見自己的繪畫作品了，那作品像是來玩的那樣笑嘻嘻站在牆上。我跟小襄開心的在自己作品前拍照，感覺真的很棒！

陸老師這次展覽的策劃包含了許多動漫元素的作品，所以看到這些作品都會有一種回歸到兒童期的歡喜，沒有任何比較心，就是小時候那種自 high，這是當小孩都具備的一種自在，哥哥很常這樣，我喜歡孩子這樣，我也想跟他們一樣，可隨年齡增長自 high 的能力就會減退。同展場還有很多有趣的作品；影像、裝置、攝影、立體雕塑等等，可以說琳琅滿目。

今天是收穫滿滿的一天，買得很開心，玩得很盡興，功課也做完了 (看展)。

「嘆息橋」的由來 — 嘆息橋是以前威尼斯的犯人被判刑後，要押到監獄與刑場的必經之橋，整個橋墩很高，穿廊只有一小小格的窗框可以讓犯人再看這世界一眼，犯人經過此橋時，往往難過的發出嘆息之聲，所以稱為嘆息橋。

3.Jun.

爸爸知大哥哥還有小花妹妹:

媽媽到水都也已經4天了，明天計劃去玻璃島，這幾天都在趕展覽早上9點出門晚上也是9點多才回家，此時天都還亮著。白畫特別的長，因此每天也覺得特別長，整理好要上床時都快12點了，回到家就算站在地上也感覺很累，大概是我每天都要搭著船來去去的，這裡除了板路就是水路，只能搭船很好玩喔！不过這幾天遊客愈來愈多，常搭船上都客滿，只好等下一班船，買東西也是上一個客人走了，店員準備就位了才會服務到你所以在威尼斯下等待絕對要學乖！

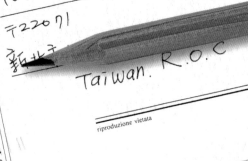

TO: 林芯恩 小朋友收

〒22071

新北市

Taiwan. R.O.C

Rap. 2011. Vinece

Venezia

051

人生能一起^走的機會不多，開心則合不歡則散，
但是無論如何能一起走是一種難捨的緣分，
那是生命中的福。

It is rare that we have a chance to walk along side by side,
no matter whether we are happy or unhappy together along the way.
At any rate, it is a blessing that I can meet you.

Day 6 追尋永恆
Searching for Eternity

待威尼斯的最後一天，我和酒計劃去聖馬可廣場 (Piazza San Marco) 喝咖啡，還買了美術館的聯票，逛了總督宮 (Palazzo Ducale) 和附近的小美術館，我們還上了高達九十九公尺的聖馬可鐘樓 (Campanile di San Marco)！那裡的鐘很大，共放了五座，上去時大鐘哐噹哐噹的狂敲，附近的鐘聽到之後也跟進，感覺整座威尼斯城都集體在敲鐘，看一下錶也不是整點，真是愉快又隨性的一座小城。

朋友說義大利人很慵懶，那些敲鐘的人只要一聽到有人在敲鐘，大家才陸陸續續、懶懶散散的去敲鐘，所以才會常常不定時聽到鐘聲，當然這些只是玩笑話。

在鐘樓上可以說是威尼斯的制高點，雖然要登上鐘樓有人數管制，但參觀的人潮還是超多，360°的觀景窗擠了滿滿的人，大家都想一覽那難得的美景。我和酒家女好不容易排到一個窗口，我們開心的拍著照，陽光穿透建築、輕撫著河口，我想這一刻就是永恆了吧！這短暫的美好片刻，就隨著人潮不斷的被推擠，我們也順著不斷的轉換窗口去尋找永恆，直到被肚子咕嚕咕嚕的聲音給喚醒。中午只吃了一個小三明治，現在快六點了，好餓喔！酒家女說：「有熊熊軟糖！」「耶！」「熊熊軟糖還滿好吃的！」我們異口同聲說。

在鐘樓上往下看，威尼斯的港口和景致一覽無遺真美麗。

總算要離開這個鬧烘烘的地方了！我們在威尼斯的最後一晚，去住了青年旅館，小襄說他們的旅館還有床位，我們就先去付了費用訂床位，也沒有去看房間，就繼續完成最後的行程。沒想到，晚上回到住處，竟發現是六人房的床位。小襄說這太不安全了，要我們在他們房間洗澡休息，睡覺時再回去。所以，晚上十二點多，我和酒家女回去六人房寢室時，大家都睡了。隔天一大早七點，另外四個陌生的外國人還在睡夢中我們就溜了。這段來輕鬆在當時卻充滿惶恐的事件，是因為出發前有聽說一些關於在青年旅館和陌生人共房而發生意外的事。據說我們離開後確實也發生了一起駭人聽聞的意外，所以離開這才算鬆了一口氣。

鐘聲哐噹哐噹震耳欲聾，而鐘樓千年來不為所震，
就這麼安穩地立在時空中。

"Clang, clang…" to the wild sky!
The bell tower never moves, standing there with the universe.

Day 7 踩著眼淚前往米蘭
Leaving for Milan in Tears

我們再次聚集在威尼斯的聖塔露西亞 (Stazione di Venezia Santa Lucia) 車站，準備到達下一站「米蘭」去。車站前都是歐美人居多，弟弟去幫朋友買了一個嘉年華面具紀念品，小襄和酒家女分享著這幾天的行程。在站前廣場等車，那種有點悶有點興奮的等待，讓人特別感覺想念，望著人來人往的行人，讓我想起有一次我和哥哥在台北東區等紅綠燈，他突然提高音量說：「媽媽！你看是外國人耶！」那外國人站在我們旁邊，她對哥眨了眼，「我們跟她說嗨吧！」他只是害羞的看著人家。

我好想他，在這裡他應該也會說：「哇！好多外國人喔！」

給哥哥的信

哥，你知道嗎？媽媽每天都好想你，還好沒帶你來，否則我們是無法走完這麼多的行程，還有媽媽每天走路走到腳好痛，肩膀也因為揹一整天的包包，痠痛得快哭出來了，不過還好我帶了胖胖叔叔給的涼涼藥膏，搽一搽就可以很好睡喔！

你好嗎？聽說你和外婆去了竹北舅舅家，好玩吧！上次你去舅舅家騎腳踏車時練甩尾，摔到兩條腿都是傷，你很勇敢不喊痛，但我勸你還是小心為上，我和爸爸都會擔心你。

別這樣，你是大哥哥了，還要幫忙照顧妹妹的，自己一定要小心。

媽媽很快就會回去了！哥哥要乖乖喔！再見。

媽媽　2012.6.5

我們才到米蘭的車站,就收到爸爸傳來的簡訊:「Dear Rae ～ Ian 已經讓媽媽 (外婆) 他們帶走了!原本不管他外婆、舅舅、舅媽怎麼勸,他就只肯抱著我,哭說不想再去新竹,最後是外婆說要先載他跟小表哥們去麥當勞,等會再載他回來找爸爸,我當下也只能配合演出,先抱他下樓坐車,他上了車還跟我說,要等他不能離開喔!這讓我想到均均 (Ian 的小表哥),我真的不想這樣騙他,這也不是我對待孩子的方式,畢竟他是這麼的信任我這個爸爸⋯⋯」

我看完簡訊就哭了,把這幾天來累積的思念化為淚水,一次倒出來。我的旅程才完成三分之一,好想回家!酒家女安慰我說:「叫他爸爸工作一忙完,就快去帶哥哥回家。」

每到一個定點,我就寫明信片,因為答應哥哥每換一個地點就會寄信給他。偶爾我們會用 Skype 通電話,由於電話訊號都不強,又聽到哥哥在叫媽媽,心裡都會很不捨,所以我不是很喜歡通電話,怕會哭不停。

到米蘭的第一天,已經下午四點了,我們想去米蘭大教堂 (Duomo),估算一下應還來得及在教堂關門前參觀,所以快速地在旅館 Check in 然後出門。到了 Duomo 站,站在教堂前,簡直是夢境一般,如果你也聽過一句西方諺語:「上帝存在於細節中」,站在這座偉大的建築物前,就能深切的體會這句話的真諦,我們還特別上屋頂去看飛扶壁。米蘭大教堂是我嚮往已久的建築,雖然到歐洲前就先拜讀過它的資料,但親眼見到四周由數百座尖塔,和高達一○八公尺的三角形主塔相襯,那巧奪天工的雕花,真讓人心生讚嘆。幾百年前的人類把生命都奉獻在這件作品上了,而世世代代的人類在此遺留的讚嘆聲以及感動的目光,使其散發著光輝。

此刻我只想說感謝,感謝一切。

Jeff Koons
Hanging Heart (Red/Gold), 1994 - 2006

© Jeff Koons
© Palazzo Grassi / photo ORCH orsenigo_chemollo
Installation view at Punta della Dogana, François Pinault

ELOGIO DEL DUBBIO
ELOGE DU DOUTE
IN PRAISE OF DOUBT

VENEZIA,
PUNTA DELLA DOGANA
10/04/2011
WWW.PALAZZOGRASSI.IT

Electaartlover
Printed in Italy, riproduzione vietata

5. JUN

Dear Joffin:
這一顆愛心的烤漆真的很精美,
使我想起俊哲的專業,我們已經
轉站到米蘭了.這火車站很現代,
不過身旁的商店也很驚人是各家的名牌,
路上都拖著行李箱的旅客,在這站裡
很難看到短程的路人,似乎都是長程
的.
Rae. 2011.

Milano 車站.

TO: 林信興 收
22071 新北市
Taiwan. R.O.C.

061

我們試著站上風，然後馳騁在那美麗的河畔。

We stand upwind and cruise along the beautiful riverbank.

Day 8　飄著掃米蘭街
Light on our Feet on the Streets of Milan

到了米蘭，酒的同事（夫妻檔）介紹了一位朋友給我們，她叫蘇木。

蘇木在米蘭工作，因為我們的到來，所以特地請了半天假，帶我們到米蘭購物掃街。她根本是飛毛腿一隻，穿著夾腳拖鞋，帶著我們穿梭在米蘭街上、去逛古堡、參觀設計師的工作室、還去買鞋子、享用好吃又便宜的餐廳、還有濃郁得不得了的冰淇淋……心靈是滿足了，腳是再度痛到吱吱叫。下午的一場大雨，把我們趕進了一間非常摩登的建築，一度以為是百貨公司，原來是一間基金會美術館，館內收藏了一些現代藝術大師的作品，因為門票便宜，我們便去看了展，意外的收穫又讓視野得到解放，逛完出來，雨也停了！

走在米蘭的街上和在威尼斯是完全不一樣的感受，米蘭街上有著悠閒的步調，我們在路上閒逛，意外發現一間葡萄酒廠，它是一間小工廠結合店面式的經營，蘇木問我們要不要來一杯？「喔！」我和酒家女相視而笑，「當然要啊！」這是我們心裡共同的 OS，大家點了一瓶白酒，一人喝了一杯，一瓶酒才 11€，太划算了！

最後，蘇木帶我們逛大運河旁的特色商店，晚餐去一家可愛的小酒吧，7+1€吃到飽，我回程時一路是飄著走，從下午那一杯白酒開始飄，飄回旅館時已經九點了。回到旅館，小襄和弟弟也去 Outlet 採購回來，今天大家都有收穫。

Dear
Ian: 你好嗎？是不是有去竹北玩，和均均一起
騎腳踏車，和舅o去田裏玩，有嗎？！很好
玩吧！媽o的旅行也很好玩，每天都好
累，但是一到睡覺時刻就好想好想你們，
你真的很棒，照顧自己也幫忙照顧妹o，
爸爸和媽o都很愛你。

這裡是義大利的米蘭，有漂亮的教堂，古堡，
還有美麗的街道，路上的大人都很有特色，
大男生很帥喔！我想到你長大以後一定也會這
樣是帥氣的男孩喔！
今天的天空很藍就像竹北的天空，還有河道
旁的房子很可愛喔！就像明信片上面這樣！

祝福 平安 快樂
　　　　Rae媽媽．

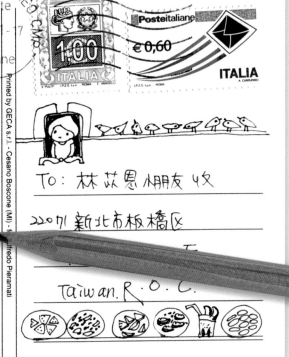

TO: 林苡恩 小朋友 收

220171 新北市板橋區

Taiwan. R. O. C.

櫥窗的人生，精彩不容錯失；而鴿子的人生就在
咕咕咕中流走了。

You can't miss the amazing window display!
But the pigeon's life has gone with his voice,
sounding cucurrucucu.

Day 9　霧沙沙達文西
The Dazzling Da Vinci

小襄在台灣先幫大家預訂了達文西「最後的晚餐」的參觀門票。

預約的時間是下午一點半，所以在此之前我們去附近逛了一些觀光景點，在米蘭市中心有一座保存完整的城堡 — 史豐哲斯可古堡 (Castello Sforzesco)，古堡外有一條乾了的護城河，河上的城牆布滿了防衛的槍口，以前是用來抵禦外強用的，現在看來像是建築的特色所在。進到城堡裡就會有一種莫名的緊張感，小襄說你是在緊張什麼？我是怕有騎兵出來抓拿我們！其實古堡內被規劃成博物館，城門外是公園的型態，有情侶、有老人、親子、有遊客和街頭藝人，其實就是個景點了。古建築的再利用就是如此，當初建造此古堡的功能性雖保留著，我們也只能用心去想像、體會了。

中午我們去吃了一家好吃的 Pasta，很美味，每個人都點不一樣的口味，然後再一起分享著吃。弟弟點了一大盤看似可口的綜合盤，我們試吃完都分別點頭「嗯～」這是不需要多說一句話的食物。沒想到弟弟一邊吃一邊罵，他盤子裡除了薯泥正常，其它各式蔬菜泥、肉泥等⋯⋯「你應該是點到了嬰兒餐喔！」因為不小心吃到一盤嬰兒食物，所以弟弟忍不住買了一瓶可樂企圖撫平不滿的胃。

用完午餐，接著我們步行去看那「霧沙沙」的晚餐⋯⋯

「最後的晚餐」是一幅廣為人知的大型壁畫，在文藝復興時期由達文西，於米蘭的感恩聖母院 (Santa Maria delle Grazie) 內的食堂牆壁上畫的，據說這畫作使用的媒材還是達文西自己研發，是一種油彩與蛋彩的混合顏料，而不是中世紀廣泛被運用的溼壁畫顏料，所以此畫作在五十年後就因溼氣而開始嚴重剝落，雖然聖母院費盡心力修補此畫多次，我們到了現場見證，畫中人物的臉真的是「霧沙沙」不清楚到一個境界，限時三十分鐘的參觀，我們要提前預約、票還貴到不行，然後它給我一個霧沙沙⋯⋯

剛剛下過雨，可我預約了「最後的晚餐」，約定
在下午茶見，既興奮又期待。

It just rained.
I have a rendezvous to the Last Supper in the afternoon.
I am so looking forward!

Day 10　外星語的魔力
Magic in the Foreign Language

結束了充實又愉快的米蘭行程，我們又再度回到威尼斯，因為弟弟要從威尼斯搭飛機先回台灣了。

上星期到威尼斯很忙，去那裡都走好快，這次再回到威尼斯總算能悠閒的到處走走逛逛，小襄先陪弟弟去機場，我們和襄約定了時間集合，等她從機場回來再和我們一起搭火車前往佛羅倫斯。我和酒想到菲拉納教堂 (Chiesa dei Frari)，去看提香 (Tiziano Vecellio) 在祭壇上的「聖母升天圖」(Assumption of the Virgin) 作品。到了裡面，發現了一件很有趣的事，大家手上拿著鏡子往天花板照，每次去教堂都要抬著頭拉長脖子看天花板上的圖，常常都看得脖子很痠，這間教堂很體貼的準備了小鏡子給大家，但後來發現鏡子其實並不好用，那投射的影像總少了些真實感，看到細節處，自己又想要再抬頭去印證鏡中的影像，所以我找了牆邊的椅子坐下來，靠著牆舒適的繼續觀賞大作。

如果哥哥來，他那個老是有鬼點子的小人兒，大概會躺在地上然後一副得意的說：這樣看才舒服啊！不是？我看看手機的台灣時間，他們應該在睡了，本想說來視訊一下，也可以偷渡一下教堂裡的曠世鉅作給他們看，只能說無緣。

參觀結束後，我們想說到超市去買大餐填飽肚子，有熟食、優格、水果、可樂，然後就大喇喇的坐在超市門口，開心的享用美食！（去了一趟米蘭再回到威尼斯，竟然發覺威尼斯的超市是我們的最佳首選，它非常符合台灣人購物的特性。）今天我們只帶了一份環保餐具在身上，所以把串烤蝦的叉子對折一半變成筷子，吃沙拉和優格，威尼斯的老奶奶看到了，她大概覺得我們的模樣很有趣，於是對著我們笑呵呵，然後說了一些外星語，她的笑牽動我們了！使得我們也不自覺的開心起來！

我們和小襄約在列車上會合，可是電話中的小襄再度被售票員氣爆了，買個票都狀況百出，說怕趕不上我們那一班列車，我和酒在車上很著急，當初就怕小襄一人有危險，所以特別留在威尼斯等她。如果和小襄沒有會合上就太不妙了，突發的狀況

總在最急迫時出來搞亂。後來小襄說也許可以從另一站上車與我們會合。我和酒上車後，見到推著餐車的服務員沿路在發小點心，他問我們要來一杯嗎？我問要多少錢，結果他說是免費的！那當然要來一杯，我和酒家女一人喝了一杯白酒～好好喝！餐服員還給我們一人兩包零食，好像在騙小孩嘟！總算小襄來電說趕上車了！

很多事乾著急沒用，就只需要去喝一杯飲料放鬆一下就好啦～

等待相遇，此刻若你來了我便不再流浪；可我都在此生根
仍不見你的身影，如果你也喜歡這「藍」的話，請過來吧！

I am still waiting for you. If you arrive here at this moment,
I will not travel aimlessly any more.
But I have already built myself a home here.
If you also like this color blue, please come over!

Day 11　期待許久的佛羅倫斯
Finally, Florence!

總算到了我期待許久的佛羅倫斯，一個我做夢都想來的地方。昨晚到旅館已經晚上九點了，房間還是在三樓，歐式舊公寓的樓梯，又暗又陡，在這之前都有弟弟幫忙，現在開始我們得靠自己，三個女生輪流搬行李，感謝她們兩個年輕女生很體恤才生產完的我，我通常都被派看守行李。旅館很小但很乾淨，小小的電視播著義大利文的節目。電視兒童小襄妹妹坐在床前，手裡拿著遙控器，切換著頻道，讓我想起爸爸！我家爸爸有拿遙控器強迫症，不開電視做不了事！

早上到旅館樓下的咖啡吧吃早餐，一杯咖啡才 1.5€、可頌也 1.5€～好便宜！我們開心的端著咖啡去戶外的座位，想悠閒的吃個早餐，沒想到我們因為要座位就需要加價，這點台灣要可愛多了！人家我們愛坐多久就坐多久。

今天的行程是聖母百花大教堂 (Basilica di Santa Maria del Fiore)，還有歐洲的第一所美術學校 — 學院美術館 (Accademia delle Belle Arti di Firenze)。我和小襄一開始就被一家舊書店吸引，於是跟酒家女及她的夫妻檔同事三個人走散了，心想今天就悠閒的散步吧！那些排隊的行程先拋到腦後。在此各景點幾乎排著冗長的隊伍，鬧烘烘的充斥著各種語言。

就這麼，我跟小襄幾乎都泡在佛羅倫斯的舊書書店及文具店裡。到了傍晚肚子餓，我們回到旅館樓下的中東美食吃晚餐，中東雞肉捲是現烤的熟食，有菜又有肉那一大捲一個男生吃剛好，所以每次我們都買一捲分著吃，這是到義大利最常吃的 no.1 便當，今天就這麼悠閒的 ending 吧！

WILLIAM BOUGUEREAU

9. JUN. 2011

Dear ian&ivy：

好想你們喔！看到這張小天使親親的

圖片就想到你們兩隻，我的小天使。

今天我吃了一支冰淇淋，我和小襄妹之

一起吃的。　莓果口味很香很濃，

甜筒的部　份有巧克力醬太好吃了。

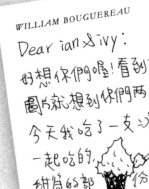

巧克力+堅果粒

早上去吃早3時　一餅乾

店員問要坐下來吃嗎？我們很自然的回答好，結果

2塊多的早午一下子變成4塊，這和站著吃和坐著不一

樣。

晚上9:30才天黑，所以6點半的下午我們在教堂前

的廣場晒太陽，今天正巧有音樂會。廣場前搭了

舞台後整個人屁股坐不住的音樂。

我們竟然坐了日本人，呀啦呀啦，嗚～說著。

007另一包是聽不懂的歐洲人哇啦哇啦的，說著。

舞台上直"細.細細"

久歸啦～在試音.

italian乾沙鹽～　啊啊啊～

Rae.

EDIZIONI M.T.S. - CARTOLINE. CALENDARI E SOUVENIRS.
Via del......o 94R FIRENZE tel....
Email : mtsokvenirs@gmail.sam

€ 0,60
Poste
13.06.11-12
ITALIA

postaprioritaria
Priority Mail

postaprioritaria
P
€ 1,00
ITALIA

TO: 林苡恩.苡頡小朋友收

新北市板橋區

220丌

Taiwan. Taipei. R.O.C

083

黃昏的河畔，充滿著待動的讚嘆聲，我帶著那心雀躍的
期待降格在此，唉！這條不知名的河像看見我了。

The river bank at dusk fills with amazement.
I am happily cruising along the river.
Oh! This nameless river seems to see me on the spot!

Day 12 Ciao！梅第奇

Ciao! Medici!

到佛羅倫斯的第二天，我們去了烏菲茲美術館 (Galleria degli Uffizi)，這是我夢寐以求的美術館，除了建築雄偉，還有梅第奇家族的收藏作品、家族的肖像畫，及當時他們資助聘請的畫家大作，比如「春」、「維納斯的誕生」都是 16 世紀波提切利 (Sandro Botticelli) 的曠世傑作。我像是在儲存記憶的隨身碟，我既興奮又努力的讀那些作品，想看清楚細節更想看仔細筆法，我好怕我的記憶體不夠，害怕被覆蓋格式化，怎麼辦～我想住在這裡。小襄簡訊來說在陽台的露天咖啡廳等我，好想多看幾眼，於是我來回跑著想在腦海中多儲存備份。

高中學油畫時，一直很想練好那種精緻的工筆技巧，典雅的顏色，可是沒學好。上了大學又因緣際會念了設計，近幾年再度拿起畫筆的我，覺得自己程度不夠好，因為我想到達的位置從沒去到過。現在我重新找回我心中的嚮往和境界，發現臨摹絕對是好辦法，沒想到我繞了一大圈花了近二十年才認清事實。

啊！我這輩子足夠了。

對我來說，這一趟歐洲行的最高境界就是這裡了，我相信我的創作因此會得到這些大師們的庇佑，這裡簡直可以說是我的供電所，如果還有機會，我一定還要回來充電。

我花了四個小時，還逛不完，太精彩了！在佛羅倫斯，每走個幾步路，就是一個驚豔；離開烏菲茲，我們還去老橋 (Ponte Vecchio)，一路上的景致，每一處都適合寫生，我也發現街上有很多街頭藝術家，他們有各式特色的寫生作品，甚至往地上一擺就做起買賣來了！過了老橋我們走向規模宏大的文藝復興時期宮殿 — 碧提宮 (Palazzo Pitti)，在碧提宮前的廣場，有親子在玩樂，餵食野鴿，坐著馬車上的遊客，我和小襄就躺在廣場前享受夕陽，此時有如詩人般的情緒便湧上，夕陽真是無限好呀！可惜近黃昏肚子也咕嚕響。電話很會選時間就在此刻響起，酒簡訊來說：「晚上去吃牛排！」我和小襄喊著：「耶！牛排～」我們便在碧提宮折回。

來到工具書上介紹推薦的牛排店，我們點了氣泡水，等了一個小時，閒聊聊到肚子唉唉叫，餐才姍姍來遲，好會磨呀！幸好，等待有了代價，牛排超級好吃！在餐廳裡的歐美人嘩啦嘩啦的聊著天，神情自若慢慢的享受時光。

我們也是嘩啦啦有一搭沒一搭聊著，但每個人眼睛卻一直盯著別人的美食，好不容易餐總算來了，卻是稀哩呼嚕吞食著美妙的食物。

迷濛的双眼，迷茫的心。

走在世界的線上，得要小心。因為那些來自世界各地陌生的人，
各自看似和諧的在那線上，卻好像又潛藏著自我防備的刀。

Be careful when walking on the "line",
because those strangers from all over the world seem to remain
on the line orderly but they also appear selfish.

Day 13 潛進巴黎
Sneaking into Paris

佛羅倫斯小城，我們兩三天就逛得差不多了，所以夫妻檔提議去盧卡 (Lucca) 小鎮。盧卡小鎮是一座保留中古世紀原貌的城，待我們穿越城牆、越過了護城河、一腳踏入城裡，整座城寧靜又緩慢的步調，讓整個人都放鬆了！然後自然而然地～慢慢地慢慢地走路，慢慢地慢慢地說話。

因為慢到「整個人」都要睡著了，所以有人提議去看比薩斜塔 (Torre di Pisa)！只需要轉一班火車就可以到達。一走出比薩車站，又是另外一種感覺，空氣中瀰漫著觀光客的味道。轉乘公車到了比薩斜塔廣場時，我們差一點坐過站，在車上遇到好心的阿伯，他指著廣場裡的斜塔說：「比薩斜塔！」我們迅速衝下車，這過程像電影情節～太刺激了。

走近斜塔時，有一個景象很有趣，大家不約而同的做了一個推斜塔的動作，看來有點蠢，可我們卻好像著了魔似地也一起做了，蠢動作拍照留念。在比薩斜塔下，抬頭看著那歪歪斜斜的作品，白雲在斜塔後方不斷的飛動，我頭暈了！「我也是！」「快離開這裡！」

接下來，我和酒家女將坐夜車前往巴黎。小襄要和另一個朋友在威尼斯會合，再去瑞士，這是她三度回到威尼斯，夢魘中的威尼斯。而夫妻檔要南下去羅馬，我們在佛羅倫斯搭往米蘭的火車，大家再見了，義大利再見了！

我們在米蘭轉乘火車北上巴黎，夜裡的米蘭車站好熱鬧，盡是大包小包的行李。我們考慮到安全問題，酒家女說與其半夜在巴黎找路倒不如在車上睡覺，天亮到那就算迷路也可以不用擔心太多。再說去巴黎是寄住朋友的朋友家，半夜才到會給人家添麻煩吧！所以才決定搭夜舖火車～計畫搭乘晚上十一點五十的火車，從米蘭出發到巴黎剛好早上九點半。我們提早一個半小時到，火車站裡不停地播放著廣播，一段開場音樂下來後就會有小姐說阿根啾！阿根啾！巴拉巴拉……好像在唱歌的報告著什麼。心裡猜想她應該是在說注意！幾點的火車來了，或者是幾點的車慢分之類的

吧。才有點著急車班怎麼還沒顯示在月台螢幕上時，眼尖的酒已經看到我們搭乘的車次慢五十分。

爸爸常常提醒哥哥說「等待這件事很重要」～ 果然等待很重要。

凌晨一點多在台灣是早上八點了。座位旁的黑人一家四口，哇啦哇啦的叫罵著，揹在母親胸前的娃娃正在睡覺，而依偎在母親身旁的女孩大概有四歲了，她一直在觀察我們。他們共有三大箱行李，父親一直呱拉呱拉的像是在咒罵的語調，他生氣的情緒和不耐煩的表情集結在一起，然後從身體散發出來一股很重的氣味。一家人長途的旅行對大人來說很辛苦，對記憶來說卻很深刻，也許小孩也許自己……我其實才是一直偷偷觀察人家的怪阿姨，看到他們使我想起三年前帶著哥哥，全家去中國體驗在北京的生活。

總算我們的火車就要到站了，迅速起身要走向月台，他們一家人也尾隨在後，上了火車發現是六人臥舖，難怪車票那麼便宜！我們的位置在臥舖中間，到車上時已經有三個人躺在床上，置物櫃在窗戶上方，我們的行李箱很大要抬到臥舖的最上方根本就很困難，也會有危險，於是我們決定跟下舖的 couple 交換，梳洗好要上床時聽到附近車廂傳來嬰兒哭聲，還有大人的吵架聲，聽起來像是那一家四口。這時候我又慶幸孩子們在家裡能有舒適的睡眠，好矛盾喔！想念孩子的思緒又來亂了，我看我又要失眠了！

就在我左翻右翻還沒找一個安穩的睡姿，有位穿著制服的帥哥來收護照，我其實很懷疑他的用意，他說只是要確認身分和座位，眼看每個室友都交了我們也沒理由不給，再說他承諾會在下車前還。我把背包墊在背後，隱約就要進入夢鄉前，感覺似乎有人爬上最上舖，火車沒多久停了下來看看手錶才四點半，我心想大概是跟台灣一樣會車之類的。沒想到還停滿久的，原來是站長抓到偷渡客，而那位偷渡客就睡在我們上舖。自認安全的計劃，沒想到潛藏著危險。而這一路到巴黎已經上午十一點半了。

這一路上我都是半夢半醒的狀態，可說是非常適合行軍的體質。

回到台灣後，收到小裏第三度回到威尼斯寄來的明信片，
她說抵達的那天，
很巧的剛好遇上了當地的划船節！所以……船又不開啦！！
哈哈哈……夢魘……夢魘

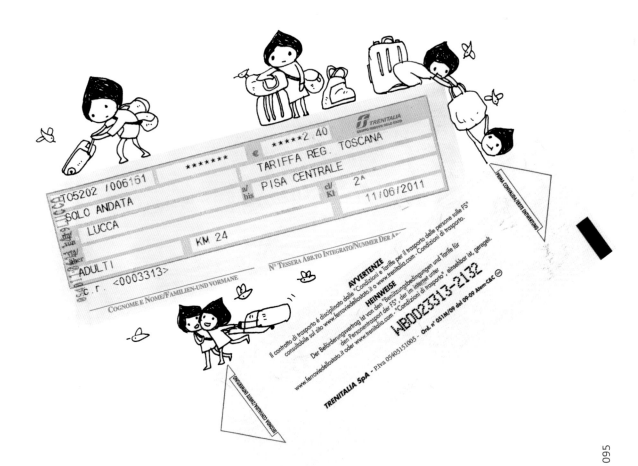

Trappolino e Beltrame

TRAPPOLINO E BELTRAME:

Trappolino è uno degli Zanni più famosi, citato nei versi del Raparini come una fra innumerevoli varianti di Arlecchino, di cui ha tutte le caratteristiche. Beltrame è, invece, una derivazione del più noto Brighella.

11. JUN. 2011

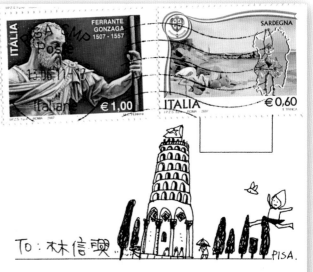

TO: 林信興

Taiwan. R.O.C

Dear. 總算今天要結束義大利的行程了。從行程

緊湊的威尼斯,到時尚之都米蘭那是很好消費的
城市.然後再到芸術殿堂「花都」佛羅倫斯.那裡
很好逛.店家和路人都很親切.剩下一天我們把
行程拉到附近的小鎮坐火車去Lucca.還有去
PISA看斜塔.我們同行人開玩笑說義大利人太慵懶
了所以在建斜塔時蓋斜池無所謂就從容不迫的
以此斜度再繼續完成。
昨天突然好想吃々熱食.還有牛排.同行的伙伴
找到了工具書上介紹的夕方.很不錯吃.1人12€.有前
菜(是pasta)主食一盤牛排(切好的)再加上一碗蔬菜
綜和.就差了一杯酒了。
這段行程.眼睛每天都很充實.展覽.教堂.建築.
和賞心悅目的路人.下一站是法國.瑞士。
再見了義大利.它使你知道人生的速度。 Rae.

097

堅硬灰冷的牆，裡頭收納了數千數萬甚至百年千年的樂音，這些音已經滿到地球的核心，隨時要爆開，屆時聲音將何去何從？那盞火燈好像知道。

This cold and hard grey wall has collected music for a thousand years.
The music has even filled up the core of the Earth. It will explode at any minute.
Where will all the sounds go? That lamp seems to know all about it.

Day 14　塞納河的寒氣
Coldness by the Seine

六月的巴黎有點冷，有點像台灣的春節氣候，時而下雨時而晴的。溫度有點微涼，而我們帶的衣服都很薄，只好採用洋蔥式穿衣法，把盡可能保暖的衣服一層一層地都穿上。六月，在台灣的親人說天氣已經熱到可以穿無袖上衣吹冷氣，可在巴黎我們每天還圍著圍巾和穿著唯一的薄外套出門，偶爾清晨的冷空氣都會讓人提不起勁。

很多人說去巴黎要小心，吉普賽人和一些怪人會在地鐵犯案，這一點我們在臥舖的夜車上已小有體驗，同舖有一巴西人，是位哲學教師，和酒相談甚歡，他留 e-mail，希望我們到了巴黎去找他喝一杯。一下火車，發現他廣結善緣，有另外二人也在和他道別並互留電話。心想，這個人該不會是騙子吧！出門在外，防人之心不可無，還是小心為上！有一回，我和酒家女搭地鐵時，被一群小女孩圍攻，她們刻意把我們分開，酒的包包拉鍊被拉開，扒手還來不及偷，就被一位正義感十足的帥哥嚇阻，他將女孩們推開並給予斥責（聽起來就像說～妳們在做什麼？下車！），回想起來好像忘記跟他說聲謝謝，只給他點點頭致意，他輕輕眨眼回敬。事後和酒聊著那些有驚無險的遭遇，我們深信且一致認同是去教堂點蠟燭的關係，誠心的奉獻，得到溫暖的守護。

另外有一次，也發生在巴黎地鐵站，由於太晚回家，結果被兩個吉普賽人在月台圍堵，他們一直跟我們搭訕，我們都不敢回應，就迅速的跑到更遠的車廂上車，還一直緊張他們會追過來，我們打算，如果對方追過來，就在下一站下車。在地鐵站什麼事都可能發生，也遇過一個酒鬼拿著酒瓶對著車廂揮舞，生怕他一個失手酒瓶就砸過來了。有時候，在車上會看到一些移動式的樂手現場表演，車廂內引擎聲轟隆隆的，其實不很適合聽演奏，在月台的地下道就很適合，聲音迴繞在地道中很美妙。

到了巴黎的第一站是去龐畢度中心 (Centre Georges Pompidou)，第一眼看到龐畢度的感覺很奇妙，它坐落於巴黎第四區，街上都是古典的風格建築，只有龐畢度是水管、煙囪等結構形成的現代造形，真的活像一座工廠，應該可以稱它為龐畢度藝術工廠吧！我和酒興奮的坐上透明手扶梯，巴黎市區的樣貌，盡收眼底，還可以看到小小的艾菲爾鐵塔 (La Tour Eiffel) 和小小方塊的凱旋門 (Arc de Triomphe)。

Day 14 塞納河的寒氣
Coldness by the Seine

進了展覽室，因為正好是印度特展的檔期，看到很多很不一樣的作品；其中印象最深的是用飲料瓶蓋去織成一條毯子、還有做出印度街道俯視的立體作品、另外一件作品是魚缸裡的磁粉，由於正負極的吸引或者同極相斥的原理，看起來就像小魚在水中的狀態，這個概念呈現深深吸引我……在這，處處有驚奇，我看到都不想走了；龐畢度所呈現的現代前衛，和義大利的古典精緻截然不同，這其中耐人尋味的差異性，使我感覺既特別又滿足！

龐畢度的商品部很有規模，光是明信片就會讓你想拿菜藍來裝，我為哥哥挑了一張可愛的艾菲爾鐵塔，希望他會喜歡。

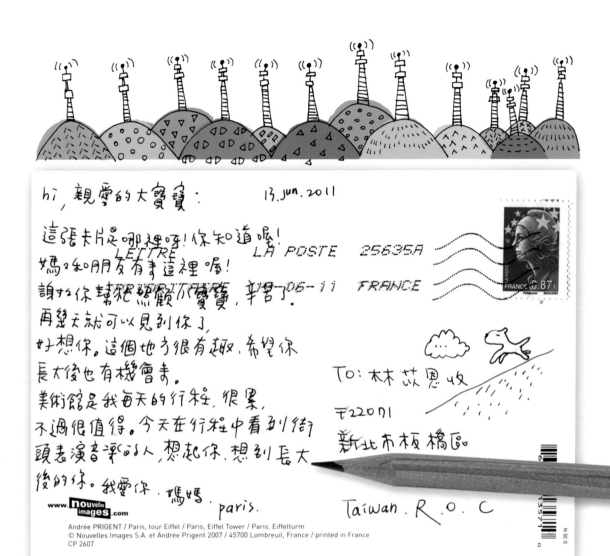

hi, 親愛的大寶寶：　　　　13. Jun. 2011

這張卡片是哪裡呀! 你知道嗎!
媽咪和朋友有来這裡喔!
謝謝你幫忙照顧小寶寶, 辛苦了
再幾天就可以見到你了,
好想你. 這個地方很有趣, 希望你
長大後也有機會来.
美術館是我每天的行程, 很累,
不過很值得. 今天在行程中看到街
頭表演音樂的人, 想起你. 想到長大
後的你. 我愛你. 媽媽. paris.

LETTRE
PRIORITAIRE
LA POSTE 25635A
06-11 FRANCE

TO: 林苡恩 收
〒220□1
新北市板橋區

Taiwan. R.O.C

哇! 好多

多愁善感的春天，你曾遇見嗎？今年我和朋友一起走在
河岸旁遇見了，春天她眼眶汪著淚，神情很灰，
我們給了她一個擁抱，於是她輕輕的笑了。

Have you ever met the melancholic Spring? My friend and I met her at the river bank this spring. She was in tears, with a sad face. We gave her a hug, and she smiled.

Day 15 巴黎的草莓

"à Paris fraisier"

在巴黎，我們寄住在酒的好朋友的學長家，學長是從台灣來巴黎工作的，在公司學習修復古典框的技巧，一週還有三天去上法文課，平時他喜歡料理。對於招待台灣來的客人，他樂此不疲。雖然一定很累，但遠從故鄉來的客人，大概有解到他的鄉愁。所以我們便厚臉皮的接受他的款待，很幸福！

因此，每天我們看完展覽，走完行程，就是回家吃他的台式法國料理，每天晚餐結束都已經九點多了，這時候天也才算暗下來。在巴黎的日子和在義大利，有著天壤之別的感受呀！「出外靠朋友」這句話說得很實在！

每天早晨都讓濃郁的咖啡香 morning call，起床後小茶几上已經擺滿了可口的麵包、香醇的優格，還有各類莓果供應，學長每天上班前都給大家和他一樣元氣滿滿的早餐。再幾天就要離開巴黎了，目前為止我們在巴黎的日子既愉快又完美。就算在地鐵經歷幾番驚險，也都很快的讓這些快樂元素覆蓋，我突然很想哼唱一段 Sticky Rice 的〈巴黎草莓〉！

巴黎的草莓　和妳雖然只是擦肩　但我知道那不是人工的香甜
巴黎的草莓　這名字真的很美　妳是否也有和我一樣相同感覺
巴黎的草莓　期待妳的再次出現　不願意等待變成浪費了時間
巴黎的草莓　也許我們會再見　只是一切都已經改變 ……

這首〈巴黎的草莓〉，形容的應該是一個女孩，而這女孩她像巴黎的草莓一樣可口令人喜愛，而巴黎這城市給人的感覺又像一個既甜美又成熟的女孩。

學長的公寓在第八區，同時是商業聚集地、總統府的所在地，最棒的是第八區距離艾菲爾鐵塔 (La Tour Eiffel) 很近。

寧靜又美麗的夜，最容易叫人思念～我又想起孩子們和爸爸。

在歐洲我每天喝一杯咖啡，從來也沒有心悸或胃痛，真神奇！
這裡的咖啡和白開水一樣迷人！朋友說好的水質和新鮮的咖啡豆，
是不會有這些問題的，在此我建立了咖啡癮。

IGP 4344 Anne Valverde **Lady in Pink**

13. JUN. 2011

Dear.

LETTRE

LA POSTE   25635A

PRIORITAIRE

FRANCE

折騰了一夜(在夜車的臥鋪是最誇張,,

上下中鋪的沙發床.如果你可能要

蜷著睡,因為我躺在上面剛好)

車還delay了2小時.據說這是歐洲

火車的常態,到了Paris的Bercy站是

一個小站馬上轉地鐵去寄宿的朋友家,

路程很順利.新朋友很nice.他是奇美

博物館的修復師.去法國學習更好

的技術,原則上是出公差的狀態來的.

下午另一位朋友帶我和翔去龐畢度.裡面

有常設展.特展.都好讚.但是只待了2個半小時

不過癮.我在Uffizi待了4個半小時.不想

出來.我快瘋了.好想你也來.我會多拍些照

也給你過乾癮。

Rae.

TO: 林信興 收

22011 新北市板橋區

Taiwan. R.O.C

龐畢度中心

充滿自信的光在城市中央旋轉，每天午夜他奉命
盡情搖擺發送訊息，據說未來那邊會收到，
收到鐵塔所傳送的消息。報告：地球人幸福忘情的生活著。

The confident light is shinning swirly in the center of the city. It sends out messages by order every midnight. It is said that the future end will receive them. Attention: The people on Earth live happily.

Day 16　第四區的校外教學
The Field Trip in the Fourth Arrondissement

今天的第一站是去漢斯聖母院 (Cathédrale Notre-Dame de Reims)，到現場時已經大排長龍，於是我們一邊排隊一邊吃三明治，這裡的三明治比威尼斯的好吃太多了。這一條隊伍實在太長了，排在前面的一對大陸同胞都聊完她們所有的行程了。酒說：你要不要派我去問一下前面的狀況？噫！你可以派自己去我沒意見喔！她真的是很可愛的女生，第二次她直接說這次派你去。我們就這樣派來派去，閒聊打屁了快兩小時。

幸好等待是值得的。聖母院上的大鐘是小說《鐘樓怪人》的取景地，我們走著窄小僅容一人行走的通道上去頂樓看小怪獸，那些看似可怕又可愛的小獸站在屋頂遠眺的模樣，就好像我們不小心進到另一個時空般。我們站在那小獸旁看著眼下的巴黎市，我這一生滿足了。

我們趕著在奧塞美術館 (Musée d'Orsay) 休館前去朝聖，聖母院的隊伍實在佔掉太多時間。奧塞美術館裡有許多我喜歡的印象派作品，我們來到十九世紀的藝術殿堂，梵谷 (Vincent van Gogh)、竇加 (Degas)、莫內 (Claude Monet)……這些藝術家，顛覆了傳統的義大利繪畫，改用豐富又有層次的顏色來讚美光線。

才在台灣看過高更 (Paul Gauguin) 的作品，是很有男人味的作品，再次目睹那味仍然覺得很讚。而柯洛 (Camlle Corot) 的原作不管顏色或筆觸都感覺好悲傷……米勒 (Millet) 的「拾穗」那一片令人讚嘆的大地，真的是眼睛能看到的顏色嗎？我唸高中時的超級偶像竇加，我想，他追求的是一種精準度。還看到莫內畫的四張漢斯聖母院，他的色光無人能比了，絕對可以在他的作品裡感受到流動的光。雷諾瓦 (Renoi) 虛無飄渺的筆觸，會使人沉醉，是喝過酒的作品。

看完這些大師的作品，眼睛和心像手機的蓄電圖是滿格的喔！有一股想拿起筆也來畫畫的衝動。

來到了巴黎之後，我的相思病怎麼了～不藥而癒。而且換想起老爸來了，這裡適合和喜歡的人來，我們家的爸對於十九世紀以後的作品比較感興趣，尤其普普藝術。一直以來我都和爸爸一起旅行，這次是我結婚後第一次個人的旅行，好想他喔！雖然他很愛碎碎唸，但是只要去玩他就算不睡也會準備好功課，是一個瘋狂旅行者，所以我跟他一起旅行都交給他煩惱，他習慣這樣，我更習慣。

晚上，學長說要做一些有醬油味的料理，說到醬油味就懷念起家鄉的味道。我們倆今天像是去美術館校外教學，一下課就衝回家吃飯！

Oh! Feel the refreshing air on the plaza!
The architectures on the plaza are also reviving through time!

Day 17 凡爾賽玫瑰
The Roses of Versailles

今天要去郊區的凡爾賽花園 (Jardin du Chateau de Versailles)，這是法王路易十四歐洲最大的宮殿。我們準備了一袋食物，想在凡爾賽吸取宮廷的空氣，和凡爾賽玫瑰合影，酒說一定要給她來一張人比花嬌的照片，那有什麼問題！這座超級無敵大的花園，遼闊宛如一座小鎮。我們不打算在這座花園小鎮耗太多時間，反正就是修剪整齊的法式庭園，不如就緩緩的離開吧！希望下次有機會再來尋訪凡爾賽玫瑰。

「凡爾賽玫瑰」其實是小時候看的卡通，講的是凡爾賽宮廷裡的愛情故事。

下午回到市區我們和朋友約好，一起去逛拉法葉百貨公司 (Galeries Lafayette-Haussmann)，那是一棟古典的建築，華麗的宮殿式裝飾，這個吸引世界各地人的消費場所，到處有說中文的人。怎麼回事，原來是陸客採購團，人手當架子用，掛滿名牌包在等退稅。我很怕這種充滿殺氣的商場，一位中文語調帶有捲舌音的女士前來問話，您也辦退稅嗎？在前面拐彎那排隊。我搖搖頭無趣的離開，想走遠一點，離開那戰場。

我們想說盡量把巴黎的美術館、博物館都去看過一遍，離百貨公司附近有巴黎現代藝術美術館 (Musée d'Art Moderne de la Ville de Paris)、巴黎東京宮 (Palais de Tokyo)。既然在附近順道去走走，到了現場有一點失望，原來只要工具書上介紹的不多，肯定是代表不需要非去不可。再度情緒感到低迷時，還好晚上還有一個令人期待的景點。

晚餐學長又大顯身手了，在義大利瘦了一圈的肚子，竟然在短短的幾天內回復原狀，我們放棄煩惱那可怕的脂肪，把餐前酒拿出來繼續喝，在那種微醺又飽足的狀態下最適合就癱在那聊天了。明明用餐中還有自然光線，一會工夫都已經十點了，學長問還要去看巴黎鐵塔 (La Tour Eiffel) 嗎？我馬上提起神來：「當然要去！」這是來巴黎必去不可的點。

Day 17 凡爾賽玫瑰
The Roses of Versailles

第一次帶哥哥搭火車去竹北時，我們搭電聯車，因爲每個小站都停，所以路上的風景一覽無遺，連電線杆、電信公司的基地台都可以看個明白。哥哥指著基地台說：「媽媽～那是巴黎鐵塔嗎？」就這樣，我非要去看巴黎鐵塔不可，而且要帶著我親眼目睹的巴黎鐵塔回去。

大家像一群醉漢帶著紅紅的臉頰出發，朝著鐵塔的方向前進，愈接近它我愈興奮。看起來近在眼前的建築物，靠雙腳走過去的確有一點辛苦。

到了鐵塔附近的河岸旁，鐵塔一閃一閃亮著好漂亮，午夜十二點整它閃得更賣力了。早晨的凡爾賽玫瑰，夜晚優雅閃亮著裙襬的巴黎鐵塔，今天可以說是完滿了。

哥哥看到那閃閃艾菲爾，恐怕會來一首他的拿手曲子〈小星星〉。祝福我的寶寶們有個美夢。

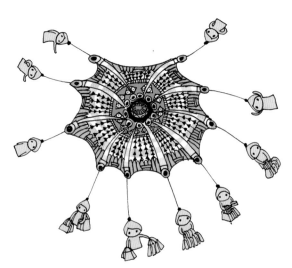

an exchange or to refund you
upon presentation of the receipt*.
ptions displayed in the store.

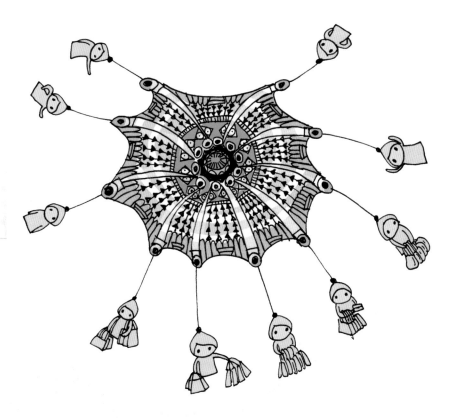

US FORT AUX GALERIES LAFAYETTE.

votre visite et à bientôt.

rticle ne vous convenait pas,
yette s'engagent à vous l'échanger
rembourser dans les 30 jours*.
ptions signalées en magasin.

erieslafayette.com

k you for visiting us.

rchase does not satisfy you,
es Lafayette is committed to
an exchange or to refund you
upon presentation of the receipt*.
ptions displayed in the store.

刷了一去 Kenzo 香水.

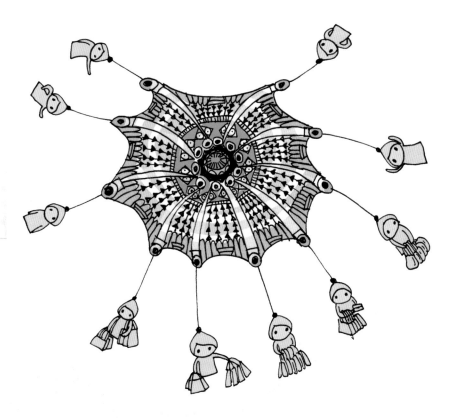

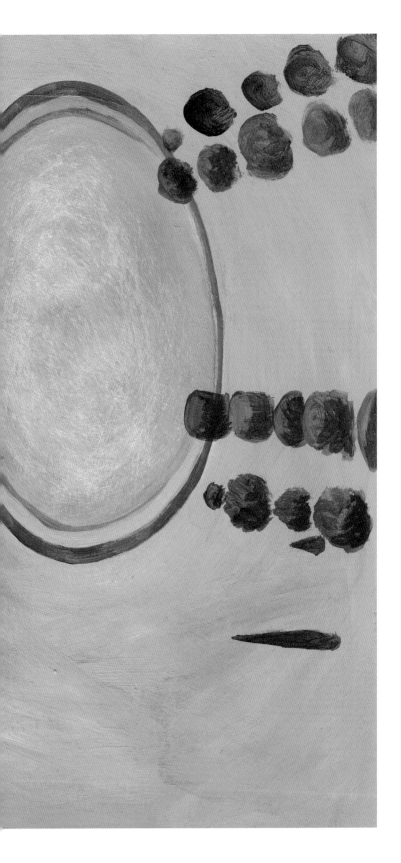

凡不輕意走過花園的那面鏡子，走近牠的人不多，就是在周圍望小心

覺得害怕。我們都知道，那面鏡子只是很寂寞又很需要愛罷了

抱她的像個老太婆一樣，牠需要愛。

Only few people walk along the edge of the "Mirror", carefully.
We all know that that Mirror is sad and lonely,
just like an old lady, who needs love.

Day 18　杜樂利花園的噴水池
The Fountain in the Jardin des Tuileries

記取排隊的教訓，我們倆今天決定起個早去羅浮宮 (Louvre Museum)。

羅浮宮內的作品琳琅滿目，我們拿著導覽文宣規劃好參觀順序。開始兩人得意的拍照，入場後我們各自朝著自己喜歡的作品去，然後各走各的路，愈走愈遠直到走散。不過這無所謂，食物都在我手上，肚子餓時再簡訊給對方並找個定點集合，這是幾天下來我們之間的默契。羅浮宮的作品若要一件一件都看恐怕得花上三天三夜才罷休，呼～下午還要去橘園 (Musée de l'Orangerie) 呢。不如午餐完我們就轉移陣地吧！

從羅浮宮散步出來，會經過杜樂利花園 (Jardin des Tuileries)，花園裡的草皮上有親子在玩樂，路旁的椅子上總有出來曬陽光的人，途經一座噴水池還有人在那裡玩遙控帆船。去年我還懷著妹妹時，常常會帶哥哥去公園散步，他騎著滑板車的樣子很帥氣身手矯健，他最愛的西班牙動畫 POCOYO (POCOYO 是西班牙文 "小小的我" 的意思)，也常常騎滑板車滑來滑去，他還學他做很古錐的動作，這裡雖然不適合滑板車，卻很適合他的開心。

我們到了橘園，竟然已經快要到休館時間了，對於歐洲的白天我還不是很習慣，距離黃昏好像還很久，結果才過中午而已，趕到時，我們買票進場已經四點了。

橘園的內部設計很睿智，充分採用自然光。法國屬溫帶氣候國家，所以在此有橘子樹是很稀有的，因此過去法國皇室建造此橘園確實是栽種橘子的溫室。坐在莫內親自設計的專屬展廳，那是一間沒有角的橢圓形空間，作品是長弧形。我們靜靜坐著發呆，看著那好像真有風吹來的柳樹，似乎真有蟲鳴的荷花池。坐在我身旁的大孩子讓他媽媽抱著，大概是累壞了睡得很沉。

此刻時間似乎已停止。

晚上我們要和酒的大學同學一起吃飯，她嫁了法國老公，所以在巴黎定居，她說的
法文很好聽，帶我們去她常吃的法式家常餐廳吃飯～牛肝漢堡美味、Kir 酒 (是桑
葚汁＋黑醋莓) 更是好喝喔。晚餐中途加入兩位朋友，都是來法國做藝術展演活動
的，在旅程中可以和家鄉的朋友見面，吃吃飯分享旅程中的經驗，人生在此時是美
好的。

LOUVRE
www.louvre.fr
MUSEE + EXPOSITION :
REMBRANDT/LE LORRAIN
16/06/2011
14,00 Euros
Valable au musee Delacroix jusqu'a 17h00
16/06/2011   59   2011-898642

又哭了，這男人恐怕傷心了半世紀也不見他停止過；
儘管停在他頭上的鴿子、陪伴他的噴池和花園、
還有來自各地的遊客總圍繞著他，也不見他抬起頭來。
「別哭了呀！」我說。

He cries again. He has never stopped crying for almost half a century. Even though he has got the pigeon, the fountain, the garden, and the tourists who come to visit him from all over the world, around him, he still has his head down. Don't cry anymore!

Day 19 可愛的米魯斯

Pretty Mullhouse

離開巴黎，我們接著到法國邊境的一個小城 ── 米魯斯 (Mullhouse)，那裏是法國、瑞士、德國人的避暑勝地，因為是在山坡上的一個社區，所以氣溫會較平地來得更涼爽，水質也特別好，水龍頭一開就可以直接飲用，那裡的水特別甘甜。寄宿的 B&B 主人「拉拉」是台灣人，和來自上海的音樂家丈夫定居在那裡，房子是超過一百年的別墅，樓梯走起來嘰嘎嘰嘎響，外出時走在院子裡，陽光灑在身上給予我們飽滿的精神，門口有繡球花恭送我們出門，樹上的鳥和松鼠跳來跳去，好像在說客人要出門了！走在鄰近的坡道上，總可欣賞到每一戶人家寧靜又精緻的建築，還有優雅的院子設計。

拉拉他們住的這一區，她說常常有建築相關的雜誌來採訪，其中有一棟德國人設計的別墅，院子裡面有養一隻白色的中型犬，第一天拉著行李氣喘噓噓經過牠的院子，牠就很熱情的來汪汪叫，我們喊牠小白，之後只要我們要出去時，小白就會搖著尾巴向著我們跑來，牠成了我們的好朋友。每天小白都會跑過來跟我們打招呼，牠是一隻好客討人喜愛的狗，最後要離開的那天，我們在院子外等牠出來，看到我們手拖著行李，牠吠得比平常用力，好像在說：「你們要走了！」「對呀，我們要回去了，後會有期！小白！」小白一邊跳一邊叫，這是我們在米魯斯認識的朋友。

想到再過幾天就要回家了，心裡很開心。我們家樓下也有一隻可愛的柴犬，聽說他是流浪狗，撿到他的主人喊他 money，可是我們哥哥喊他小頑皮 (他小表哥養了一條小土狗取名叫小頑皮，哥哥羨慕他能養狗學他取名)，每天一打開一樓的大門就尖聲吶喊小頑皮，回家也會跟小頑皮說：「hi ～我回來了」。可愛的地方，還滿適合帶他們這種可愛的小人來，一下火車我就盤算著下次來一定要全家過來。

 選擇住在拉拉之家，是因為這裡距離瑞士的巴賽爾很近，去巴賽爾的目的，是要參觀全球藝術圈最重大的活動之一：巴賽爾藝術博覽會 (Art Basel)，所以我們選擇了米魯斯落腳。

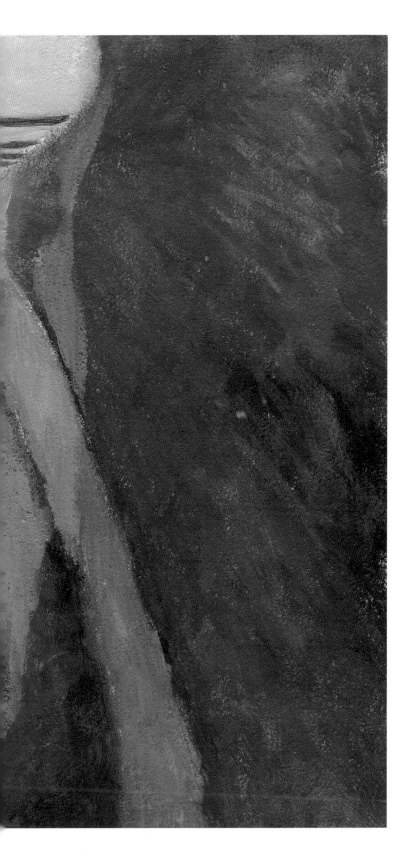

起初他們像是藍眼睛下的低温令人直打哆嗦，慢慢地我們遂來給了彼此微笑，那低温逐漸退去，這就是遇見好朋友的奇妙過程。

The weather is cold and we are shivering, even though the sun is shining. And then we meet. When we smile at each other, it seems that it is not that cold any more. It is amazing when two good friends meet!

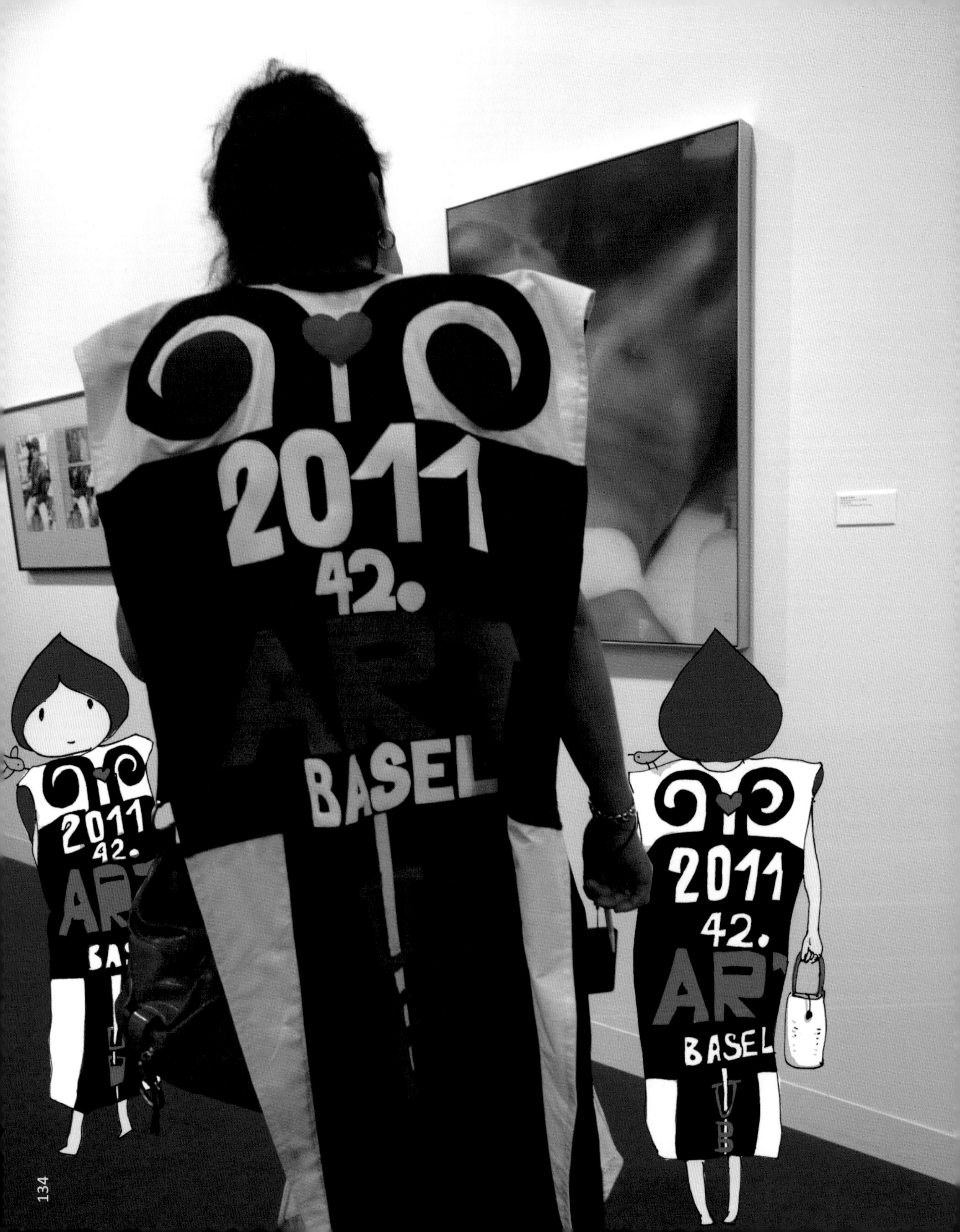
2011
42.
BASEL
2011
42.
ART
BASEL

Day 20 & 21　巴賽爾第一名
Number One in Basel

拉拉說：「米魯斯是靠近德國和瑞士的邊界，如果想要去德國買菜，搭火車只需要半小時，要往瑞士去看展，也一樣只需半小時。」我們連續有兩天的時間，每天從法國的米魯斯小城，搭火車出國去看展；那是一年舉辦一次，瑞士的巴賽爾藝術博覽會(Art Basel)，今年已邁入第四十二屆，國際最頂尖的畫廊都會在此聚集，非常盛大，在會場也總是湧入各國喜好藝術的人。

酒身上的現金(歐元)已不夠用，想拿救命金(出遠門時長輩給的紅包)兌現，拉拉說：「瑞士使用的是法郎，也收歐元，可以在車站服務台旁的鈔票兌換機兌換。」雖然兌換機上的操作說明，看不太懂，我們只是將錢餵給機器，它就直接吐法郎出來，超人性化的！

換了法郎，我們搭上一號輕軌電車，前往 Basel 藝博會。到了展場，我們先到服務台換了記者證，在台灣就用網路申請好的記者證，只要到服務台報上姓名，他就可以馬上找出你的識別卡(press)，出入場只要過個卡就行了，非常有效率又親切。

在台灣雖有同屬性的 Art Taipei 藝術博覽會，但似乎還稱不上國際化，參展的大部分還是亞洲的畫廊，我家哥哥從出生到現在，已經跟我們去參觀三次。爸爸老是認為這博覽會不能讓小小孩入場，因為哥哥滿兩歲後，在展場就是開心的手舞足蹈，這使得畫廊的人很緊張，所以爸爸才會有好像不能帶小孩入場的錯覺。我在巴賽爾展場，看見一個跟哥哥差不多大的男孩，一樣是個抓不住的活潑男孩，他在立體裝置的作品裡跑來跑去，在影像裝置的展間，開心的跳舞。你知道嗎？沒有人制止他，也沒有大人露出不開心或緊張的樣子，所以，我每走一處又遇見他時就好開心，因為會想到我家哥哥。

亞洲和歐洲的文化大不同，這裡的藝術創作，自然而然的跟生活、跟人們緊密的結合，愉快的相處著。在台灣，藝術作品大部分還是屬於少數人的雅癖，所以當你在台灣看展時最好是正經一點，有氣質一點，不要太興奮的說話或跳舞，別人會瞪你，

還會來叫你要小心。看展覽這件事，在台灣還不能算是休閒活動。

巴賽爾是瑞士很富有的城市，生活環境很優質，街道乾淨，見不到流浪漢，路上的輕軌列車班次很密集，搭乘又容易，瑞士是最適合全家一起旅遊的國家。不過，這裡的假日，商店、百貨公司幾乎都不營業，只有美術館和博物館才營業，所以假日的人潮裡面，有許多家庭的組合，推著娃娃車的、抱著小嬰兒的男人或者背後揹著走不動的大隻孩子，各個有特色造型的型男型女、老老少少都有。

結束了巴賽爾的一天，要回米魯斯時，在車站裡就有超市可以逛，我和酒家女想去買點水果和很懷念的優格，在超市買東西太有趣了，蔬果選好之後記住蔬果編號，然後自己過磅秤、自己貼價格標，好像自己就是超市店員。

還有在這裡買車票，只要告訴售票員我們要去哪，就能很快的得到資訊及車票；在義大利，售票員的態度就普遍的傲慢，若遇到的售票員不會英文，而你用英文要跟他溝通，他就不理你，還可能用義大利文罵人，所以在義大利有幾次小襄去買票時被氣到又瘦了。你能理解嗎？排了三十分鐘，售票員不理你，再換一列排隊，真的會讓人抓狂！在法國，我們也遇過一個英文不太好的售票員，但是他卻很有耐心，照著我們畫圈的時刻表幫我們找車位，訂錯了還是很有禮貌的重來，這才是服務。

當妳就住在時刻中，滴答便成了心跳聲了。

When you live in time, ticktack becomes the sound of heartbeats.

Day 22-1 巧遇廊香
Encountering Notre Dame du Haut

巴賽爾 (Art 42 Basel)，我們花了兩天逛完，酒因爲是以出差的名義來看展，所以她是以地毯式的方式搜集資料，我則是純粹來吸收養分的，所以可以恣意選擇自己喜歡的，然後慢慢欣賞。

我們比預計的參觀時程，提前一天半逛完展場，B & B 的主人拉拉，建議我們去德國或者去法國東北部的亞爾薩斯 (Alsace)，那是產葡萄酒的產地，也可以去中古世紀的小鎮科瑪 (Colmar)，或是去廊香 (Notre Dame du Haut) 看科比意大師的建築。

哇！太吸引人了～我都想去，但只有一天要全排進行程太難了！最後我們敲定了密集的一日遊：早上六點起床準備早午餐，先搭七點的火車去廊香教堂 (往廊香的火車一天只有三班) 參觀，然後再搭第二班車離開去科瑪。

計劃雖周詳，但我們每天幾乎快十二點才睡，隔天又要早起真太難了，尤其我每次只要隔天要去玩，都會興奮得睡不著覺，眼看著酒家女已呼呼大睡，可我卻還異常清醒著……

結果～七點去搭火車時，自己是處於半昏迷的狀態，一上車我竟然就追隨著火車的引擎聲昏睡，我們一度以爲到站了，匆忙的下了車，隨即又迅速上車，就算歷經此驚恐，還是沒能讓我們嚇「醒」。到站後，酒竟然忘了我們的豐盛餐盒，等到走出簡陋又荒涼的車站後，我問：「你的摩斯小綠咧！」她才頓時清醒，我們再度奔回月台，不可思議～站長拿著小綠，像爸爸給我們準備了便當那樣！你看！我們又遇到好人喔！回程十二點的車搭到早上的回頭車，站長爸爸看到我們一直對我們笑，真是害羞！但心裡是溫暖的，我們倆羞澀的低著頭對著站長爸爸笑。

小綠是摩斯〔MOS Burger〕的購物袋，我們用它裝一天的食物。

Day 22-1 巧遇廊香
Encountering Notre Dame du Haut

去廊香的路很偏僻，除了羊腸小徑，還要經過墓園和工地，不過到了山上，廊香教堂的美絕對讓人驚喜，剛剛那一路的波折是值得的。廊香教堂很妙，每個不同角度看有不同面向，從內部往小小窗外看，也總是有很特別的景致。科比意果然是大師級的藝術家，他的作品使參觀者自然而然跟隨他設計的動向，然後產生了你個人和其作品的連結。

2011.6月法國夏天的早晨

Ronchamp (Haute-Saône)
Chapelle de Notre-Dame-du-Haut
(Architecte Le Corbusier)

"Vue façade est"
Photo Marc Paygnard

20. JUN. 2011

Dear Joffin:

剛川2我在 Ronchamp 教堂裡有吳蠟燭許
願哦!感謝上帝引領我到達目的地,下次
我會帶你一起來. 可惜這回的明信片就這
樣了, 沒有特別好看的。回程遇到要去
教堂的修女, 她們跟 Bonju 的嘩啦嘩啦
說了一串, 我想那是祝福的話,
我們很高興的合照, 今年我一定會更主
照顧平安順利, 而這些都是因為你.
merci(口せイ) 謝啦 |||| LoveRae
                  祝 好.

To:
林信翼 收

新北市 22071 板橋区

Taiwan. R.O.C

這裡的微風沁涼又清甜，

　我想藉此樂音傳送給你。

The breeze here is cool and sweet. I want to send it to you through music.

Day 22-2 科瑪的移動城堡
Howl's Moving Castle in Colmar

中午離開廊香教堂 (Notre Dame du Haut) 之後，我們接著去科瑪 (Colmar)，那裡的特色就是有各種顏色的房子，天藍、鵝黃、粉紅與淡綠色……的房子，牆上還鑲嵌著木條斜紋裝飾，就一整個童話故事的場景，而這裡也正是宮崎駿電影《霍爾的移動城堡》的取景地點，就在一間火腿專賣店前，我想起「霍爾」帥氣的在煎培根蛋的畫面、在一間帽子專賣店，就想起了「蘇菲」，走在巷弄間，想起「馬克」，隨處都好像可以開一扇回家的門。我們還在小威尼斯區 (Petite Venise) 的橋上，巧遇歡唱人生的義大利人，他們還一邊跳著舞，好不快活！

逛完科瑪，最後還有一個行程就是葡萄果園，可時間實在太趕了，又很想喝到當地的美酒，於是我們決定到超市去買一瓶小白酒，配著我們的熊熊軟糖。

買完後才想起沒有開罐器，我們請超市的店員幫忙，沒想到她卻幫了一個倒忙，把瓶塞弄壞了，打不開也喝不到，才想說真有點掃興，店員竟然跑去重新拿一罐來，要我們自己開開看，這有什麼問題呢？酒說開玩笑我家以前可是賣酒的，可不是賣雞排的呀！這個店員太貼心了！心裡 OS 又幫法國這國家按了一個「讚」。然後我再度飄飄然的掃街，買妹妹的衣服、買爸爸的皮件、買熊熊軟糖和巧克力，亂買一通買得好開心。

後來發現在法國買的熊熊軟糖，7-11 有賣！我們在義大利時就愛上熊熊軟糖，偶爾肚子餓或者嘴饞時都還好有它，那時候吃熊熊軟糖，就好像在吃飯！我終於知道，為什麼我們家哥哥這麼愛熊熊軟糖。

搭火車回米魯斯 (Mullhouse) 的路上和一列載貨的列車交會，那火車至少有五十節車廂，好酷。在台灣，頂多只有十二節車廂吧！從廊香一路到科瑪真的值回票價，當早鳥太值得了，這裡的每一處轉角，都是故事的開始。

我自盯著那扇緊閉的窗，如果老天願意為我開啟的話，

我深藏的陰鬱將會如雨後的陽光得到釋放。

I am staring at that closed window. If God is willing to open it for me,
I won't feel that gloomy any more, as if seeing the rainbow after the rain.

Day 23 最後衝刺蘇黎世
The Last Strike in Zurich

在學生時代，每到考試前的最後一天，都會拿起最不熟悉的科目做最後的衝刺，蘇黎世就是我們來歐洲的最後衝刺，因為是晚上十點多的飛機，所以有整整一天可以在蘇黎世閒逛。

我們順著班赫夫大道 (Bahnhofstrasse) 漫遊，因為就要搭飛機回家了，我特別開心！今天的目標就是買瑞士刀和巧克力。可是我們偏偏找不到一間專賣瑞士刀的店，一開始我們誤以為到處都有瑞士刀可以買，那其實是一種觀光客迷思。就在快要放棄時，竟然下起雷陣雨，我們躲進一家中東捲餅店。捲餅店一直是我們在歐洲的好朋友，它的存在對我們來說就像家鄉路口的小吃店，因為他的捲餅又大又美味、有蔬菜還有肉，重點是熱的，在義大利我們也常吃！每當吃著同樣的速食時，就特別想念台灣的美食，在機場遇見小襄時，她說回台北一定要先嗑一塊雞排，酒說要吃蚵仔麵線、鹹酥雞還要喝一杯珍奶，而我呢，只想吃個家常菜。

「啊！停雨了。」哥哥每次都這樣說 (應該是雨停了吧！)，我好想哥哥和妹妹，愈是接近要見面的時間愈是期待。就在此刻我們兩個突然相視而笑，有一家瑞士刀專賣店出現了。

晚上開開心心到了機場，我們把身上剩下的零錢，在機場亂買一些有的沒的，就想說帶回去也換不了多少台幣，跟一開始來的時候省吃節用，完全兩個樣。說到零錢，就想起我們的公基金，每次有零錢就去教堂點蠟燭，或者在街上看到不錯的街頭表演會給一點鼓勵，我個人一直認為也許有一天我家哥哥會去做街頭表演，所以再怎麼樣都會給那些別人的孩子、為夢想堅持的孩子獎勵。再說街頭表演為街道、為地鐵、為車廂增添了美麗的背景音樂，使我對異鄉的情景，更有形象的記憶，貢獻一些出來是值得的。

在香港轉機時，我們一度以為行李過重會被罰，所以把一些自認為可以手拿的東西變成隨身行李，怎知道把在巴黎跳蚤市場買的一把 19 世紀的手工小刀，藏在某處卻被海關沒收了，那是我選了超久的禮物，是給小保母胖胖叔叔的禮物。

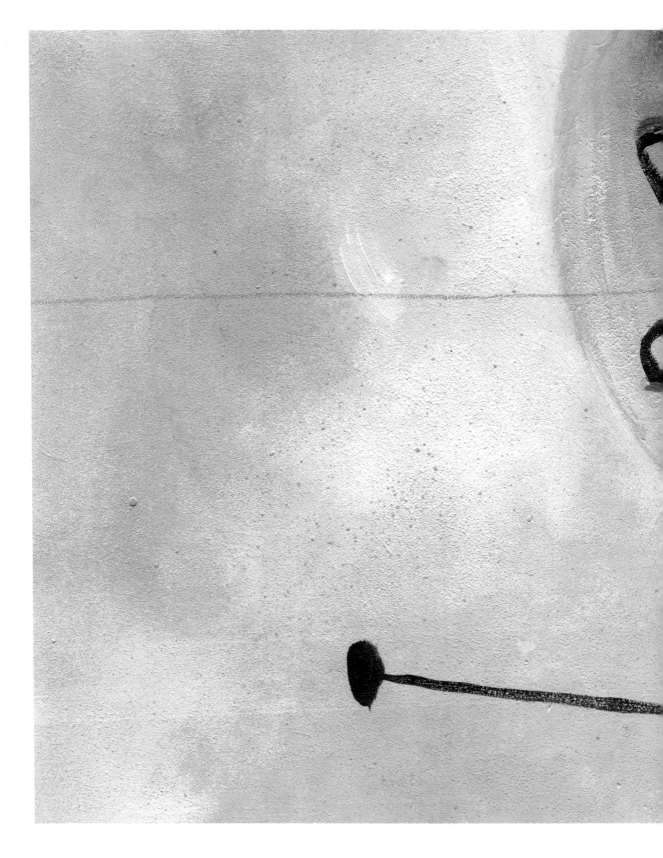

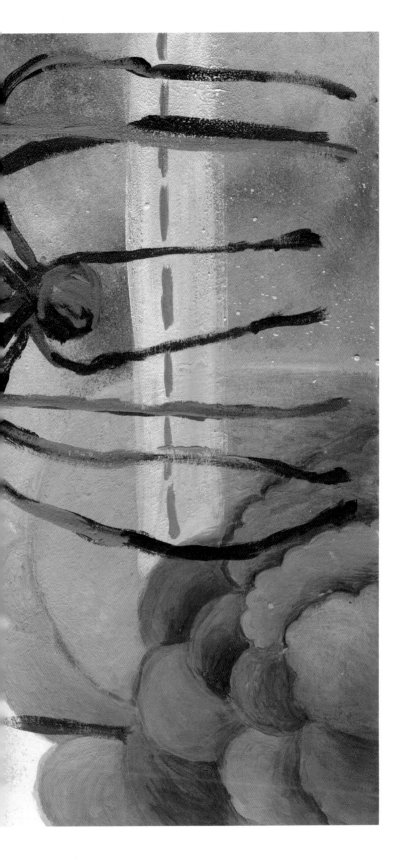

蘇黎世的城中有一隻金剛大蜘蛛，沒人在怕的。因為那只是藝術家的一個夢而已。我也想有個夢，但我不想搖瘋這世界嚇唬人類，我正在制造一個和諧的夢。

There is a humongous spider in the city of Zurich.
Nothing to be afraid of. It is just the artist's dream.
I also have a dream,
but I don't want to scare the world off.
I am making a pleasant dream.

Day 24 不變的抉擇
Decision Unchanged

回國的那天，哥哥和爸爸又來機場接我，哥哥一看到我就大喊：
「媽媽！我好想你喔！」

一路上他緊緊摟著我，偶爾抬起頭來看看我再親親我，然後一直重複一樣的台詞：
「媽媽！我好想你喔！」兒子是小情人有此一說嗎？

回想這一趟棒尪棒囝的歐洲之旅，說來輕鬆，走起來還真不容易；不過一切總有結束的時候，這是一個帶有許多美妙回憶的旅程！

當初如此狠心放下對孩子的不捨，去旅行。一度讓我對寶寶們感到愧疚，但無庸置疑的是，這一趟旅行真的讓我收穫很多，而所有的經驗來自勇氣。

因此我深信，有一天我還會再度啟程前去探索，並且帶著勇氣和思念闖關。

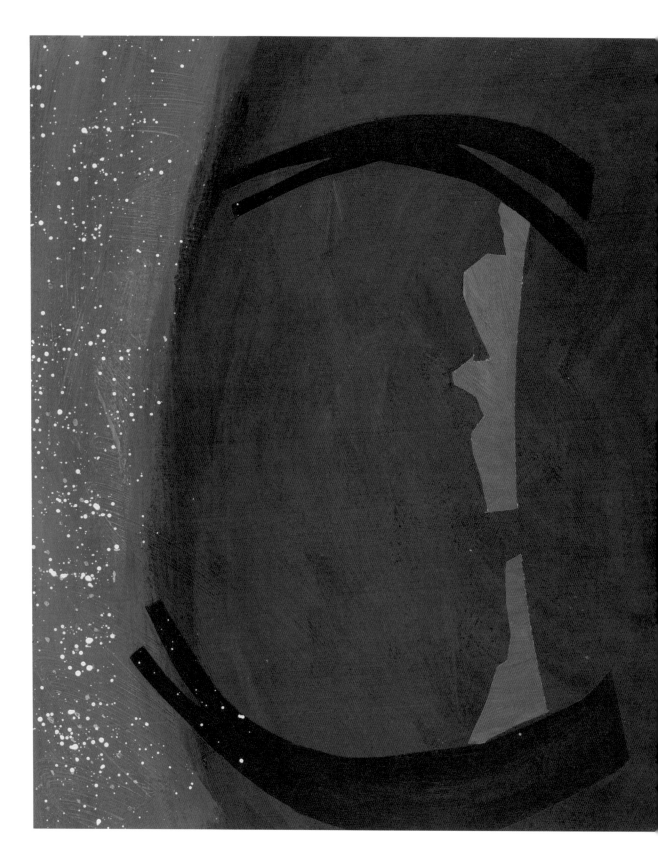

很久以前我見過這山羊的星星，那時候我偶爾也聽說過斑馬的星星還有彩虹的星星，真的很有！它們很耀眼喔，可惜你現在見不到了，除非你還記得那些星星的臉。

Long time ago I saw the star of goat. At that time, I also heard of the star of zebra and the star of rainbow. They really existed! They were so glazing. But you can't see them now, unless you still remember their faces.

後記 Epilogue ／帶著孩子和夢想起跑

我的父母親是那種不作夢的人，出生在民國三〇和四〇年代，他們共同有一個只求溫飽的童年。所以他們的夢想不外乎吃飽穿暖、無憂慮的過日子。自然爲人父母的同時，也不會鼓勵孩子作夢，孩子作夢時也會提醒，別讓他們的孩子過的不切實際。

父母親小時候的生活經驗，要想像理解不容易，但我總是從他們對我的管教以及對生活態度的看法，感受到他們當時的不愉快。以至於我的童年不斷地在編造夢想～想成爲藝術家，過著自己的美好生活、想當修女，以爲可以離開他們對神鬼的瘋狂崇拜、夢想著嫁給外國人，以爲可以離家鄉很遠很遠……到了高中以後，我的夢想只想能賺到錢，如果可以存到錢更好，念大學時夢想可以出國進修，那是我這輩子最大的願望。我的夢想隨著人生的階段構造，但可笑的是～沒一個實現過。

現在，我不要再是光說不做的人，就在我們家妹妹出生後，這個想法尤其強烈。況且，帶著孩子和夢想起跑的，不只有我一個人而已，還有星星爸爸，反正有一隻大星星撐著，夢想難度多高都沒在怕了。

最近我這痴人構了一個大夢，就是全家能到國外展開全新生活，藉此機會從中去感受並體驗不同的文化、藝術、生活；時間是一年，地點是英國中部的小鎮。當然有一大堆解不完的難關，比如房貸、車貸，還有生活費以及孩子的適應問題和大人的工作……不過這些問題我們將陸續的去克服。我是我們家的造夢者，負責把背景環境和遊戲規則訂出來，後面的就交給大家一起手牽手去面對了。造夢的那一年，我同時會完成自己的藝術創作計劃，並將這計劃紀錄出版，而這過程我們全家人不會因此分開，我期許能將滿載而歸的體驗，分享給喜歡作夢的朋友，我們大家一起加油（大喊）！

Rae. 2012 台北的雨季

Fondazione Claudio Buziol
Palazzo Mangilli-Valmarana
Cannaregio 4392
30121 Venice (Italy)
t/f +39 041 5237467
www.fondazioneclaudiobuziol.org

Object: INVITE TO PARTECIPATE TO FUTURE PASS, OFFICIAL COLLATERAL EVENT OF 54th INTERNATIONAL ART EXHIBITION, LA BIENNALE DI VENEZIA 2011

Dear Ms. Rae Chou

On behalf of the Fondazione Claudio Buziol and the curatorial team, it is my great pleasure to invite you to participate at *Future Pass*, a collateral event of 2011 Venice Biennale. The curatorial team of our project is composed of Victoria Lu, Renzo di Renzo and Felix Schöber. The curatorial team was specifically created in the hope of executing a thorough survey of every aspect of Asian contemporary artistic production with the current international conditions.

The exhibition that Fondazione Claudio Buziol is organizing is intended as a forum for research on the current state of Asian contemporary art in relation to the international art scenes. The exhibition presents a broad overview of trends and movements in the art today. It includes not only artists working in Asia, but also Asian artists born or working overseas, as well as international artists who have been influenced by Asian culture. The title and theme of this year's participation of the Venice Biennale is *Future Pass*. The exhibition is composed of six systems: East / West, Past / Future, Yin / Yang, Virtual / Real, Universe / Self and Cosplay.

Fondazione Claudio Buziol is a non-profit, private institution. It is based in two venues at the very center of Venice, at the San Gregorio abbey in Dorsoduro, and Palazzo Mangilli-Valmarana in Cannaregio. In accordance with its mission of academic research and supporting new and young art, during the last years Fondazione Claudio Buziol has already organized two events during the Venice Biennale. Thanks to the great support shown by the UNEEC Foundation Taipei, Today Art Museum Beijing and by business entities both in China and abroad, after the Venice Biennale this exhibition will also tour to Rotterdam´s Wereld Museum and the National Taiwan Art Museum in Taichung.

We sincerely hope that you will accept the invitation to participate in the exhibition *Future Pass*. Together we can offer the public with an exhibition of the highest quality at this year's Venice Biennale.

Best regards,

Silvia Buziol
President
Fondazione Claudio Buziol

FUTURE PASS

塵陰

Future Pass – *From Asia to the World*

| 未來通行證─從亞洲到全球 |

策展人：陸蓉之(Victoria Lu)／Renzo di Renzo／Felix Schoeber

2011/06/04 - 2011/11/06｜第54屆威尼斯國際藝術雙年展平行展｜威尼斯
2011/12/08 - 2012/03/11｜世界藝術館｜鹿特丹
2012/05/12 - 2012/07/15｜國立台灣美術館｜台中
2012/10/23 - 2012/10/29｜今日美術館｜北京

「未來通行證」一展由資深策展人陸蓉之所策畫，內容以「動漫美學」為概念，邀集了近 130 位亞洲地區及國外藝術家，計約 180 組件作品參展。這個大規模的聯展中百分之九十的作品和創作者來自於亞洲，其中更包含了許多亞洲首屈一指的代表性藝術家，突顯亞洲當代藝術強大的創造力與活動力。

「未來通行證」係由威尼斯「Claudio Buziol 基金會」、鹿特丹世界藝術館、國立台灣美術館、晟銘（UNEEC）文化教育基金會與北京今日美術館所共同攜手主辦，自 2011 年 6 月第 54 屆威尼斯雙年展平行展開始其國際巡迴之旅，從亞洲徵集作品，先於威尼斯這個國際平台上獲得曬目，而後巡迴到荷蘭鹿特丹世界藝術館，今年 2012 年 5 月 12 日將於國立台灣美術館展出，隨後 10 月再至北京今日美術館，展覽一路以來的國際巡迴模式，展現了亞洲藝術觀點和全球視野對話的企圖。

本展整合了策展人對於 21 世紀藝術家創作的多元詮釋，梳理出「東與西」、「過去與未來」、「陰與陽」、「宇宙與個體」、「虛擬與現實」等主題觀點，闡述亞洲啟發自動漫文化的風格形式，是如何和藝術家各自的文化傳統進行交融和創新，激發出新的視覺形式。

- 節錄自國立台灣美術館「未來通行證」新聞稿 (2012/5/12)

未來通行證 ∕ 展出藝術家名單：

東與西（EAST ∕ WEST）

村上隆 Takashi MURAKAMI（日本Japan）、袁旃 YUAN Jai（台灣Taiwan）、方力鈞 FANG Lijun（中國China）、岡本信治郎 Shinjiro OKAMOTO（日本Japan）、孫東賢 SON Dong Hyun（韓國Korea）、葉永青 YE Yongqing（中國China）、劉丹 LIU Dan（中國China）、SEO（韓國Korea）、徐累 XU Lei（中國China）、洪凌 HONG Ling（中國China）、李世煥 LEE Sea Hyun（韓國Korea）、桑火堯 SANG Huoyao（中國China）、楊茂林 YANG Mao Lin（台灣Taiwan）、李東起 LEE Dongi（韓國Korea）、「Kaikai Kiki－高野綾 Aya TAKANO、Mr.、青島千穗 Chiho AOSHIMA、ob、團體實驗室TEAMLAB（日本Japan）」、邱黯雄 QIU Anxiong（中國China）、「Chinese Cubes－Rex HOW（韓國Korea）、黃心健 HUANG Hsin Chien（台灣Taiwan）、李明道Akibo（台灣Taiwan）& Vicky LIANG」

過去與未來（PAST ∕ FUTURE）

張曉剛 ZHANG Xiaogang（中國China）、劉建華 LIU Jianhua（中國China）、展望 ZHAN Wang（中國China）、圖格拉與塔格拉 THUKRAL & TAGRA（印度India）、王邁 WANG Mai（中國China）、黃致陽 HUANG Zhi Yang（台灣Taiwan）、張凱 ZHANG Kai（中國China）、李奧納‧波特 Leonard PORTER（美國U.S.A.）、邱節 QIU Jie（中國China）、李暉 LI Hui（中國China）

陰與陽（YIN ∕ YANG）

草間彌生 Yayoi KUSAMA（日本Japn）、向京 XIANG Jing（中國China）、戶田陽子 Yoko TODA（日本Japan）、蜷川實花 Mika NINAGAWA（日本Japan）、柯羅夫 Rolf A. KLUENTER（德國Germany）、楊納 YANG Na（中國China）、何采柔 Joyce HO（台灣Taiwan）與郭文泰 Craig QUINTERO（美國U.S.A）、穆磊 MU Lei（中國China）、亞妮斯‧戴瓦立 Janice DEVALI（荷蘭Netherlands）、歐陽春 OUYANG Chun（中國China）、曲藝 QU Yi（中國China）

宇宙與個體（UNIVERSE ∕ INDIVIDUAL）

徐冰 XU Bing（中國China）、奈良美智 Yoshitomo NARA（日本Japan）、格林曼尼莎‧阿默羅斯 Grimanesa AMOROS（祕魯Peru）、迪特‧容格 Dieter JUNG（德國Germany）、繆曉春 MIAO Xiaochun（中國China）、楊福東 YANG Fudong（中國China）、沃爾夫‧卡倫Wolf KAHLEN（德國Germany）、劉野 LIU Ye（中國China）、Phunk Studio－陳文祥 Alvin TAN、朱文輝 Melvin CHEE、陳俊達 Jackson TAN與陳威廉 William CHAN（新加坡Singapore）、艾‧特喬‧克利斯婷 Ay Tjoe Christine（印尼Indonesia）、幾米 Jimmy（台灣Taiwan）、尹朝陽 YIN Zhaoyang（中國China）、毛旭輝 MAO Xuhui（中國China）、權奇秀 KWON Kisoo（韓國Korea）、張嘉穎 CHANG Chia Ying（台灣Taiwan）、王風華 WANG Fenghua（中國China）、孫遜 SUN Xun（中國China）、袁順 YUAN Shun（中國China）、曹斐 CAO Fei（中國China）、蔡小松 CAI Xiaosong（中國China）、趙光暉 ZHAO Guanghui（中國China）、施工忠昊 Shy Gong（台灣Taiwan）

虛擬與現實（VIRTUAL ∕ REAL）

瓦德‧瓦瑞斯‧金博 Ward Walrath KIMBALL（美國U.S.A.）、蓋利‧貝斯曼 Gary BASEMAN（美國U.S.A.）、灰色階 Monochrom（奧地利Austria）、李惠林 LEE Hye Rim（韓國Korea）、獨立游擊隊（米可與桑迪）Indieguerillas (Miko and Santi)（印尼Indonesia）、長井朋子 Tomoko NAGAI（日本Japan）、陳建偉David CHAN（新加坡Singapore）、崔湘娥 CHOI Sang Ah（韓國Korea）、西澤千晴 Chiharu NISHIZAWA（日本Japan）、蕾亞‧波里森科 Lelya BORISENKO（烏克蘭Ukraine）、安傑羅‧沃爾培 Angelo VOLPE（義大利Italy）、納森尼爾‧羅德 Nathaniel LORD（美國U.S.A.）、瑪琵‧吉爾 Mapi GIL（西班牙Spain）、松浦浩之 Hiroyuki MATSUURA（日本Japan）、櫻井理惠子 Rieko SAKURAI（日本Japan）、姜錫鉉 Eddie KANG（韓國Korea）、漢恩‧胡格布里居 Han HOOGERBRUGGE（荷蘭Netherlands）、奧利維‧包威爾斯 Olivier PAUWELS（比利時Belgium）、印巴‧史費特 Inbal SHVED（以色列Israel）、潘德海 PAN Dehai（中國China）、阿信 Ashin (CHEN Hsin Hung)（台灣Taiwan）、不二良 No2Good (CHEN Po Liang)（台灣Taiwan）、陳志光 CHEN Zhiguang（中國China）、KEA（蔡孟達）(TSAI Meng Ta)（台灣Taiwan）、王品懿 Yee WANG（台灣Taiwan）、那堤‧烏塔利 Natee UTARIT（泰國Thailand）、江衡 JIANG Heng（中國China）、烏日根 WU Rigen（中國China）、韓婭娟 HAN Yajuan（中國China）、唐茂宏 TANG Maohong（中國China）、許唐瑋 HSU Tang Wei（台灣Taiwan）、蘇文山 SU Wen Shan（台灣Taiwan）、「Animamix.Net」－陳飛 & 羅暉 CHEN Fei & LUO Hui（中國China）、葉甫納 YE Funa（中國China）、陶娜 TAO Na（中國China）、魯婷婷 LU Tingting（中國China）、林晉弘 LIN Chin Hung（台灣Taiwan）、高孝午 GAO Xiaowu（中國China）、羅丹 LUO Dan（中國China）、許嘉 XU Jia（中國China）、羅振鴻 LUO Zhenhong（中國China）、孫東旭 SUN Dongxu（中國China）、賀祖斌 HE Zubin（中國China）、周瑞萍 Rae CHOU（台灣Taiwan）、翁邦鳳與方廷瑞 Wow Bravo & Funky Rap（台灣Taiwan）、蕭培彥 Stephany HSIAO（台灣Taiwan）、陳宗光 CHEN Zongguang（中國China）、傅開來 FU Kailai（中國China）、林守襄 Tess LIN（台灣Taiwan）、徐維納 Victor XU Weina（中國China）、顏石林 YAN Shilin（中國cHINA）、陳虹竹 CHEN Hongzhu（中國China）、徐東翔 Pink HSU（台灣Taiwan）、吳定隆 WU Dinglong（中國China）、周欣 ZHOU Xin（中國China）、徐勤 XU Qin（中國China）、彭韞 PENG Yun（中國China）、馬君輔 MA Chun Fu（台灣Taiwan）、李柏毅 Leland LEE（台灣Taiwan）、吳長蓉 WU Chang Jung（台灣Taiwan）、葉怡利 YEH Yi Li（台灣Taiwan）、安德森（英國UK）與羅（馬來西亞Malaysia）Anderson & Low、曲家瑞 Kristy CHU Cha Ray（台灣Taiwan）、戴米斯‧阿柏塔西與喬治亞‧維奇尼 Demis ALBERTACCI & Giorgia VECCHINI（義大利Italy）、伊曼紐爾‧史菲盧沙‧莫沙可維茲 Emanuele Sferruzza Moszkowicz（義大利Italy）、張朵璇 Connie CHANG（台灣Taiwan）

Dear all,

You are cordially invited to the opening of our Future Pass exhibition
at the Wereldmuseum Rotterdam on Wednesday, 7 December 2011 at 8 p.m.

We are pround to announce that the exhibition will be opened by Hans Smits,
President and CEO of the Port of Rotterdam.
We would be very pleased to welcome you to the press conference at the museum,
on Tuesday, 6 December 2011 at 11.30 a.m.
The press conference will be followed by an exhibition tour and lunch.

Prior to the official opening on Wednesday, 7 December 2011, there will be a lunch
and preview of the exhibition for the special guests.

Please inform me by Monday, 21 November, at the latest, if you will join us at the

- Press conference
- VIP lunch
- Official opening

and on your arrival and departure date

I look forward to welcome you as our guest at the Wereldmuseum Rotterdam.

Kind regards,
Stanly Bremer
director

Rae 的生命樹〔肖像畫〕系列作品之一，即時加入了國美館Future Pass的展覽。

維多利亞的笑
二〇一二年｜壓克力、畫布｜45.5 × 38cm

Victoria's Smile
2012｜Acrylic on canvas｜45.5 × 38cm

雕塑：Chang Ssu-Yung

收藏
二〇一二年｜壓克力、樹脂｜23.5 × 15 × 15cm

Collection
2012｜Acrylic on resin｜23.5 × 15 × 15cm

寶藏
二〇一二年｜壓克力、樹脂｜23.5 × 15 × 15cm

Treasure
2012｜Acrylic on resin｜23.5 × 15 × 15cm

來自小鳥的禮物
二〇一一年 | 複合媒材 | 31.3 × 40.8cm

Gift from My Little Davie
2011 | Mixed media on canvas | 31.3 × 40.8cm

謝謝慈愛的神

賜給我愛我的家人

支持我的丈夫

陪伴我的小孩

以及在人生的旅途中關愛我的貴人朋友

謝謝大家

Rae. 2012

國家圖書館出版品預行編目(CIP)資料

馬櫻丹之歌 / Rae 著.
-- 初版. -- 臺北市：大塊文化, 2013.02
面；　公分. -- (Catch ; 192)

ISBN 978-986-213-415-3(平裝)

855　　　　　101026215